KB154240

초록의 마음

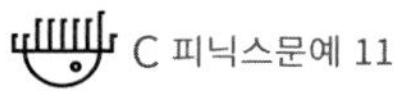

C 피닉스문예 11

초록의 마음 La Verda Koro

지은이 율리오 바기
옮긴이 장정렬

펴낸이 조정환
책임운영 신은주
편집 김정연
디자인 조문영
홍보 김하은
프리뷰 정현수 · 표광소 · 추유선

펴낸곳 도서출판 갈무리 등록일 1994. 3. 3. 등록번호 제17-0161호
초판인쇄 2019년 9월 24일 초판발행 2019년 9월 30일
종이 화인페이퍼 인쇄 예원프린팅 라미네이팅 금성산업 제본 경문제책

주소 서울 마포구 동교로18길 9-13 [서교동 464-56] 2층
전화 02-325-1485 팩스 02-325-1407
website http://galmuri.co.kr e-mail galmuri94@gmail.com

ISBN 978-89-6195-215-6 03890
도서분류 1. 문학 2. 에스페란토

값 12,000원

이 도서의 국립중앙도서관 출판예정도서목록(CIP)은 서지정보유통지원시스템 홈페이지(http://seoji.nl.go.kr)와 국가자료공동목록시스템(http://www.nl.go.kr/kolisnet)에서 이용하실 수 있습니다.(CIP제어번호 : CIP2019030276)

초록의 마음

LA VERDA KORO

율리오 바기 지음
장정렬 옮김

갈무리

일러두기

이 책은 Julio Baghy, *La Verda Koro*, Hungara Esperanto-Asocio, Budapest, 1982를 완역한 것이다.

:: 옮긴이 서문

『초록의 마음』을 번역하고

어머니 말이 내가 태어나 커 가며, 살아가는 곳의 문화를 이해하고 표현하는 좋은 도구라면, 국제어 에스페란토는 국제화된 오늘날 내 문화의 이해를 바탕으로 다른 문화를 깊이 있게 알게 해 주는 좋은 길라잡이가 됩니다.

자유로운 해외여행과 나날이 발전하는 인터넷 등으로 세계가 더욱 가까워진 오늘날, 에스페란토는 우리에게나 아닌 다른 사람, 다른 도시 사람, 다른 나라 사람, 다른 언어권의 사람들을 '제대로' 이해할 수 있는 국제 사회의 교양어로서, 지구인 서로를 사랑과 평화로 연결해 주는 교량어 역할을 충분히 해내고 있고, 앞으로도 그 사용 범위는 더욱 넓어질 것이라고 봅니다.

율리오 바기는 『초록의 마음』을 통해 우리에게도 낯

설지 않은 러시아의 부동항 블라디보스토크 인근의 여러 도시로 여러분을 안내합니다. 시간적인 배경은 1910년대 후반과 20년대 초반, 우리나라로선 일제의 압박 아래 신음하고 있을 때입니다. 저자는 러시아 혁명과 전쟁의 소용돌이 속에서 그곳 사람들이 어떻게 에스페란토를 배우고, 익히고, 활용하고 있는지 보여 주고 있습니다. 삶에서 가장 어렵고 힘든 상황에서도 에스페란토는 사람과 사람을 사랑과 평화로 연결해 주고, 나의 문화와 남의 문화를 서로 이해하게 해 줍니다.

그런데, 서울 에스페란토 문화원의 홈페이지(www.esperanto.co.kr)에는 재미난 자료가 하나 있었습니다. 2007년 호주에서 개최된 에스페란토 행사에 이 문화원 원장님이 강사로 참가하였다고 합니다. 그 자료에 따르면, 율리오 바기가 2차 세계대전 때 포로수용소에서도 에스페란토를 가르쳤다고 합니다. 율리오 바기 선생에게 에스페란토를 배운 어느 할머니 한 분이 이중기 문화원장에게 한 이야기를 잠시 들어 봅니다.

“이 선생, 내가 말이오. 2차 세계대전 때 독일군 병사였어요. 그런데 포로 신세가 되어 수용소에 끌려가게 되었어요. 수용소에 있던 포로 중에 에스페란티스토가 있었어요. 그래서 그분에게서 에스페란토를 배웠지요. 하하. '율리오 바기' 아시죠. 자멘호프 선생 시대의 저명한 에스페란티스토 말이죠. 그분이 이 할미의 에스페란토 선생님입니다요. 그러니 … 금년이 벌써 내가 에스페란토에 입문한 지 66년이 되는구려."

흥미롭지 않은가요? 에스페란티스토로서의 저자의 발걸음이.

이 책을 읽는 독자는 국제어 에스페란토에 대해 이미 들어왔거나, 이미 이 언어를 실제 사용하고 있는 분이리라 짐작됩니다.

역자는 에스페란토 입문 초기에 율리오 바기의 작품 『초록의 마음』을 에스페란토를 배우는 동료들과 함께 읽으면서 에스페란토 세계에 대한 많은 기대와 희망을 가지게 되었답니다. 그런 인연을 바탕으로 역자는 이 작품을 우리글로 옮겨 놓았지만 10년 가까이 먼지에 쌓여 있다가, 어느 해 설날 하루 전날, 당시 세계 에스페란토 협회 부회장이신 이종영 선생님과의 전화 통화에서 "번역만 해두지 말고 햇빛을 보게 해야" 한다는 격려를 받게 되었답니다. 그래서 우선 『초록의 마음』을 에스페란토계에 내놓았던 것이고, 이번에 좀 더 다듬어 책으로 묶었습니다.

"국제어 에스페란토가 뭔가?"라고 묻는 이들에게 이 작품을 읽어 보라고 권하고자 합니다.

한편으로는 이 작품은 에스페란토를 보급하고 있는 여러 동지에게 위로와 격려와 사랑을 전하고 있습니다. 심지어 지역 에스페란토 활동을 어떻게 해야 하는지의 방법론까지도 보여 주고 있습니다.

저자는 먼 헝가리에서 극동의 시베리아까지, 자신의 체험을 바탕으로 한 이 『초록의 마음』을 통해 평화를 염원하는 에스페란티스토들의 따뜻하고 우정 어린 모습을 보여 주고 있습니다.

역자는 저자의 여러 작품을 읽으면서 저자가 에스페란토를 정말 사랑하고, 에스페란토를 통해 인류의 상호이해와 평화를 추구하는 헌신적 인물임을 새삼 알게 되었습니다.

에스페란토를 제대로 잘 배워 익히면 에스페란토 세계가 한결 더 가깝게 느껴질 것입니다.

최근 우리 주변에 에스페란토 교육에 대한 관심이 부쩍 늘어난 것은 반가운 일입니다. 경희대학교, 단국대학교, 원광대학교, 한국외국어대학교 등 대학교에서 에스페란토를 정규 교과목으로 교육하고 있습니다. 또 중학교 자유학기제 수업에서, 또 대안학교 수업에서 에스페란토를 교과목으로 지속적으로 학습을 이어가는 것이 이채롭습니다. 또 각 지역에서도 시민들이 여전히 평생교육의 일환으로 에스페란토를 배우고 있습니다.

언어 학습의 4가지 활동 – 듣기, 읽기, 말하기, 쓰기 – 이 주로 교사(강사, 지도자)와 학습자의 만남으로 이루어졌다면, 오늘날에는 이 4가지 활동에 각종 개인용 휴대기기들을 활용한 학습이 기획되고 운용되고 있습니다.

중요한 것은 학습 지도자의 전략적 계획 수립과 실천, 배우는 사람의 열정과 의지와 시간 투자가 맞물려야 학습 효과가 나는 것입니다.

이 책은, 특히, 지역의 에스페란토 지도자들도 이 책에서 보여 주는 다양한 에스페란토 학습 구성을 통해 자신의 학습자들이 지속적으로 에스페란토계에 남도록 하고, 에스페란토 운동을 어떻게 이끌어 나갈 수 있을지를 보여 주는 좋은 사례이기도 합니다.

역자의 경험에 따르면, 원서를 따라 읽고, 뜻을 생각해 보고, 또 원서를 한 페이지씩 학습자가 써 보면서 익힌다면, 또 다른 에스페란티스토와의 만남에서 이와 같은 문체를 익혀 내 사정에 맞춰 말해 본다면, 학습은 생각보다도 더 효과적일 것입니다. 꾸준한 연습과 노력이 없으면, 아무리 좋은 교재와 도구가 있더라도 무용지물입니다.

2017년 제102차 세계 에스페란토 대회가 우리나라 서울에서 열려, 이를 계기로 에스페란티스토들이 더 많이 배출될 것이고, 에스페란토 문학과 번역문학 또한 발전할 것입니다.

러시아 시베리아 횡단 열차를 타고서, 이 『초록의 마음』에 나오는 지역들을 방문해 보면서, 모스크바나 동유럽을 통해 세계여행을 꿈꾸는 이가 나올지도 모르겠습니다.

이 번역 작업을 마무리하면서 생각나는 한 분이 있습

니다. 한국 에스페란토 협회를 이끌어 오시고, 정기 간행물 *La Espero el Koreujo*의 발간사업을 주도해 오신, 고故 한무협 선생님입니다. 선생님의 헌신적 활동과 정기 간행물 발간 사업을 통해 한국 에스페란토계의 문화와 문학이 한층 더 깊어지고 넓어진 것을 역자는 다시 한 번 느낍니다.

율리오 바기의 작품 중 『초록의 마음』 번역이 책으로 나올 수 있게 된 것에는 가족의 든든한 지원과, 여러 분의 격려와 도움이 있었습니다.

1970년대 이후 에스페란토 운동에 동참해 1980년 에스페란토를 역자에게도 가르쳐 주신 박기완 박사, 허 성 선생님을 비롯한 부산 지역의 당시 젊은 선배와 동료들의 출간 희망, 1999년 3월부터 에스페란토를 교양 과목으로 도입한 지산간호보건학원의 고故 이종현 이사장님의 격려와, 약 20년간 영남의 에스페란토 교육 산실인 남강에스페란토학교를 이끄시는 박화종 이사장님과 곽종훈 교장 선생님의 관심과, 2017년부터 중학교 자유학기제 수업에 에스페란토를 교과목으로 도입하신 경남 양산시 개운중학교 채현국 이사장님의 독려와, 동서대학교

박연수 박사를 비롯한 여러 선후배들의 성원이 바로 그 것입니다.

덧붙인다면, 율리오 바기의 다른 작품인 『가을 속의 봄』*Printempo en la Aŭtuno*과 자매 작품인 중국 작가 바진巴金의 『봄 속의 가을』*Aŭtuno en la Printempo*은 2007년 10월 갈무리 출판사에서 한 권으로 묶여 발간되었고, 2008년 11월 문화체육관광부 우수 교양도서로 선정되었습니다.

끝으로, 이 책의 출간을 위해 애써 주신 갈무리 출판사의 모든 분들과 프리뷰를 해주신 정현수, 표광소, 추유선 씨에게 고마움을 전합니다. 이 번역에 독후감을 보내시려는 이가 있다면, 제 이메일(suflora@hanmail.net)로 보내 주시면, 즐거운 마음으로 읽겠습니다.

그럼, 이 『초록의 마음』의 첫 페이지로 가 보시길 권합니다.

2019년 가을

부산 금정산 자락에서

옮긴이 장정렬

차례

1

강습

시베리아의 시민 회관 교실. 출입문은 하나, 창문은 둘. 출입문은 낮고 창문은 좁다. 교실에는 낡은 가구들이 놓여 있었다. 칠판 하나, 허름한 탁자 하나, 걸상 하나, 그리고 긴 의자 여럿. 천장에 달려 있는 전등은 그리 좋지 못하다. 천장은 회색이고, 바닥은 매끈하지 않았다. 벽엔 가르치는 데 필요한 그림들이 붙어 있었다. 이 그림들에는 사물, 꽃, 동물, 사람 들이 그려져 있었다.

사람들은 노란색 긴 의자에 앉아 있었다. 우체국 남자 직원 한 사람과 러시아 군복을 입은 군인이 둘. 체코 군복을 입은 군인이 하나, 루마니아 군복을 입은 군인이 하나, 또 미국 군복을 입은 군인이 하나. 중년 부인이 한 명, 김나지움[1] 학생복 차림의 여학생이 3명, 소년이 둘. 이들 모두 선생님을 바라보고 있었다. 선생님은 군인이지만, 군복 차림은 아니다. 그는 헝가리 사람으로 전쟁 포로였다. 그는 교실에서 여기저기로 오가며 그림을 보여 주고 사물을 가리키고 있었다. 그는 가르치고 있다. 교실에서 배우는 사람들은 모두 그가 하는 말을 알아들었다.

---

1. [옮긴이] 우리나라 중고등학교 교육과정을 합친 교육과정.

"여러분, 우리는 에스페란토로 말합니다. 에스페란토는 무엇입니까? 정치입니까? 아닙니다! 종교인가요? 아닙니다! 이것은 문화입니다. 이해하겠습니까?"

선생님은 묻고, 강습생들은 답했다.

"예, 이해합니다."

"스미르노바 양, 문화를 좋아합니까?"

"예, 선생님. 저는 문화를 좋아합니다. 우리 러시아 사람들은 문화를 좋아합니다."

"예, 잘했습니다."

"고맙습니다."

선생님은 젊은 군인에게 물었다.

"이름이 어떻게 되나요?"

"야니스 레코입니다."

"러시아 사람입니까?"

"아닙니다. 저는 라트비아 사람으로, 러시아 군인입니다."

"에스페란토를 좋아합니까?"

"예, 선생님."

"고맙습니다. 그리고 아가씨, 당신은 무슨 일을 합니

까?"

"저는 김나지움 학생입니다. 하지만 러시아 사람은 아닙니다. 저는 폴란드 사람입니다."

"폴란드 사람은 문화를 좋아합니까?"

"네, 그럼요, 선생님."

선생님은 교실에서 여기저기로 오가며 질문을 했다. 강습생들은 대답을 곧잘 했다. 중국인 소년 이치오팡은 재미있게 대답하기도 한다.

"저는 키 작은 중국 사람이지만, 문화를 압니다."

"이치오팡 군, 그 문장은 나빠요. 좋은 문장으로 말하려면 '저는 문화를 좋아합니다.'라고 해야 합니다."

"아닙니다. 선생님. 제가 말한 그 문장은 좋습니다. 저는 문화가 무엇인지 알고 있습니다."

모여 있던 사람들이 모두 소년을 바라보았다. 그들은 소년이 하는 말을 이해하지 못했다.

"문화가 무엇입니까?"

선생님이 또 물었다.

"선생님, 모르십니까? 문화란 사람들 사이의 이해라고 생각합니다. 저는 에스페란토가 좋아 배웁니다. 에스페란토란 사람들 사이의 이해이자 문화입니다."

에스페란토는 사람과 사람 사이의 이해를 돕는 언어이다. 러시아, 체코, 폴란드, 라트비아, 슬로바키아, 루마니아, 독일, 중국, 또 헝가리에서 온 사람들이 교실에 모여 앉아 있었다. 여기 모인 모두는 '사람'이다. 이들은 어떤 사람들인가? 현대를 살아가는 사람들이다. 그 현대인들은 문화를 사랑하고 에스페란토를 배우고, 또 사람들 사이의 이해를 배우고 있었다.

2

선생님과 여학생

선생님은 탁자에 놓여 있는 작은 책을 덮었다. 그는 책을 집어 자신의 호주머니에 넣었다.

"여러분, 즐거운 밤 보내세요. 안녕히 가세요!"

선생님은 작별 인사를 했다.

"안녕히 계세요."

수강생들은 대답하고, 자리에서 일어나 문으로 향했다. 젊은 이치오팡이 교실의 문을 열었다. 모두 각자 집으로 향했다. 나이 많은 우체국 직원과 폴란드 소녀와 선생님만 남았다. 우체국 직원은 에스페란토를 배운 지 오래된 사람이다. 그는 이 언어로 자유롭게 말할 수 있었다. 지금 그는 선생님과 대화를 나눈다.

폴란드 소녀 마라 불스키는 시립 김나지움에 다니는 총명한 학생이었다. 그녀는 폴란드어와 러시아어를 할 줄 알고, 독일어와 라틴어를 배우고 있었다. 그러나 그녀는 새로 배우는 세계어로 된 긴 문장은 아직 전부 이해하지 못했다.

그렇다. 선생님과 우체국 직원이 나누는 대화를 그녀는 머리로 이해할 수는 없었지만, 눈과 환상과 마음으로 이해할 수 있었다. 그녀는 두 사람을 보았다. 한 사람은 젊은 헝가리 사람이고, 또 한 사람은 늙은 러시아 사람이었다. 이 러시아 사람은 손이 하나뿐이었다. 다른 손은 어디에 있을까?

소녀의 머리에 싸움터의 환상이 떠올랐다. 소녀는 마음으로 대화의 의미를 이해했다. 환상은 완전한 진실을 말해 줄까? 누가 알까? 그녀는 여전히 두 사람을 보고 있었다. 호주머니에서 담배를 끄집어내는 한 손밖에 없는 러시아 사람과, 그 사람의 손에서 담배를 공손히 받는 헝가리 전쟁 포로를 바라보고 있었다. 두 사람의 눈에서 평화로운 감정이 흐르는 것을 마랴 불스키도 잘 알게 되었다.

선생님은 이제 출입문을 열고 길을 나섰다. 세 사람은 교실에서 나와 시민회관의 큰 출입문이 있는 거리에서 멈추어 섰다.

"안녕히 가시오."

우체국 직원이 말하며, 선생님의 손을 잡았다.

"쿠라토프 씨, 안녕히 가십시오. 좋은 밤 보내세요."

마랴 불스키는 아직도 출입문에 남아 있었다. 그녀는 우체국으로 향해 걸어가는 직원을 바라보았다. 직원은 우체국 관사에 살고 있다. 업무는 사무실에서 본다. 선생님이 마랴 양에게 작별 인사를 하려 하지만, 그녀는 선생님과 회화를 한번 연습해 보고 싶었다.

"선생님, 어디서 사세요?"

그녀는 용기를 내어서 한번 묻고는, 머릿속으로 새로운 짧은 문장을 만들고 있다.

"포로수용소의 막사에 살고 있어요."

"아, 그렇군요, 알겠어요, 선생님. 선생님은 우리 도시 안에 사시지 않는군요. 도시에서 멀리 떨어진 교외에 사시는군요. 그렇지요?"

"그래요. 아가씨는 집이 어딥니까?"

"끼따이스까야 거리에 살아요."

"시내에서는 방향이 같군요."

"예. 우리가 가는 방향이 같아서 기뻐요. 저는 에스페란토를 좋아하고요. 이 새 언어로 회화 연습을 해 보고 싶어요. 그리고 … 그리고 … 예 … . 아, 저는 단어를 아직 많이 몰라요! 슬퍼요. 머리가 나쁜가 봐요. 저는 멍청한 아이예요 … 에스페란토가 어려운 언어네요."

"아가씨는 똑똑해요. 난 알아요. 지금 아가씨가 하는

말에는 아름다운 운율이 있고, 간결하고 훌륭해요. 지금 나도 짧은 문장으로 말합니다. 내가 하는 말 이해되나요?"

"저는 문장뿐만 아니라, 선생님도 이해해요."

"그래요?"

"예, 선생님은 시베리아 수용소에 사시는 전쟁 포로이고요. 선생님은 집이 없어요. 선생님이 사랑하는 사람들은 유럽에 있어요. 아시아에는 없어요. 두 개의 대륙은 서로 다른 세상이고요. 선생님은 유럽 사람이지만, 아시아 사람들과 이야기를 나누고 있어요. 선생님은 선생님이 사랑하는 사람들이 행복하기를 바라고 있어요. 그런데 … 그런데 선생님은 불행하네요."

"맞아요. 나는 행복하지 않아요 … 그래요, 아가씨. 나를 잘 이해하고 있군요."

"정말요? 아, 이젠 기뻐요. 젊은 중국인 이치오팡뿐만 아니라, 마랴 불스키도 선생님을 이해해요. 선생님은 불행한 전쟁 포로이지만, 부자이고, 풍요로운 분이네요."

"그렇게 생각하나요? 내 호주머니는 … ."

"호주머니, 호주머니 … 비록 호주머니는 가난하지만,

사람을 사랑하는 걸 보면, 선생님은 아름다운 감정과 좋은 생각을 가지고 계시잖아요. 사람들이 사는 세상은 아름답지 않지만, 이상을 가진 선생님은 이 세상을 아름답고도 평화로운 곳으로 만들어 가려고 하지요. … 선생님, 제 말이 맞나요? 제가 선생님을 제대로 보았나요?"

포로는 오랫동안 마랴 불스키를 바라볼 뿐, 대답하지 않았다. 마랴도 입을 다물고 있었다.

그들은 끼따이스까야 거리를 향해 가고 있었다. 아름다운 저녁이었다. 넓은 길에 고양이와 개들만 보일 뿐이고, 사람들은 러시아 가옥의 집 안에 있다. 그들은 큰 방의 탁자 곁에 앉아, 차를 마시거나 성경책을 읽고 있었다. 탁자 위엔 차 끓이는 기구인 사모바르[1]가 놓여 있었다. 사모바르가 소리 낸다. 즈-우 … 즈-우 … 주지주지 … 아이들은 침대에서 놀고 있다. 지금은 저녁이지만, 아직 밤은 아니다. 어여쁜 소녀들과 젊은 사람들이 집 대문 앞의 긴 의자에 앉아 쉬고 있었다. 그들은 악기를 연주하며 노래 부르고 있었다. 평화는 이들의 마음에, 러시아 사람들

1. [옮긴이] 러시아식 주전자

의 가정에 깃들어 있다. 아름다운 저녁 풍경이 시가지를 덮고 있었다.

마랴는 생각에 잠겨 있었다. '교외의 크지만 깨끗하지 못한 포로수용소의 저녁도 이처럼 아름다울까? 그네들은 평화의 마음을 지니고 있을까? 젊은 사람, 늙은 사람, 건강한 사람도 병든 사람도 누워서 시커먼 천장과 회색 벽만 쳐다보고 있겠지? 절망과 비관이 가득 찬 수용소에는 증오심이 자리 잡고 있지 않을까?'

마랴는 더는 할 말이 없고, 질문할 용기도 없었다. 그녀는 거리의 낮은 집을 보며 손으로 가리켰다.

"보가티레바 여사 댁이에요. 교실에서 그분은 창가에 앉아요. 선생님은 그분이 좋아요?"

"예, 그분은 지성인이지요."

"저도 그분을 좋아해요. 아, 그분은, 정말, 좋은 분… 그분은 러시아 여자예요… 좋은 러시아 여자…."

"알아요."

"예… 선생님은 아실 거예요… 그렇죠…."

그들은 저녁의 고요 속에서 걷고 또 걸었다. 마랴는 선생님을 한 번 쳐다보았다. 그는 길만 응시한 채 말이 없었다. 그녀는 선생님도 무슨 말을 할 용기가 나지 않나 보다 하고 생각했다. 그러나 마랴는 자신의 집까지 가면서 새로운 언어로 대화를 계속하고 싶었다.

"선생님, 지금 무슨 생각을 하고 계세요?"

"대답할 적당한 말이, 아가씨가 이해할 만한 적당한 말이 떠오르지 않아요. 그러나 나는 지금 행복하다고 말할게요. 아가씨는 좋은 학생이구요."

"좋은 사람일 뿐인가요? 마랴 불스키가 좋은 학생일 뿐만 아니라, 아름다운 감정과 건전한 생각을 가진 사람이라고 생각하진 않으세요?"

"거기에다 착한 마음씨도 가졌지요. 알고말고요. 아가씨에게 고마워요. 아가씨는 나를 포로로 보지 않고, 가르치는 사람으로, 인간으로 봐 주니까요."

"그럼요, 좋은 분으로요."

"하지만, 아가씨, 지금은 평화로운 시절이 아닙니다. 지금은 전시라고요. 사람들은 평등하지 않아요. 내 말이 이해되나요?"

"이해해요. 하지만 저는 비겁한 겁쟁이는 아니에요."

포로는 수용소 쪽만 바라볼 뿐 더 말이 없었다. 그들

은 말없이 여러 집들과, 여러 거리를 지나간다. 마랴도 이제는 대화를 더 이어가고 싶진 않았다. 마랴는 길을 바라보며, 자신의 모어로 생각해 보았다.

끼따이스까야 거리에서 마랴는 멈춰 서서, 흰 벽이 보이는 작은 집을 가리켰다.

"선생님, 이제 저는 집에 다 왔습니다."

"잘 가요, 아가씨."

서로 악수하고 눈과 눈이 마주친다. 그리고 서로의 악수와 시선에는 마음에서 우러나는 따뜻함이 흐른다.

"안녕히 가세요."

마랴는 작별 인사를 하고, 자기 집 출입문을 열고 들어갔다.

이제 길에는 포로만 남았다. 그는 신중하게 걸어가면서 주위에서 들려오는 소리에 귀 기울이며 생각에 잠겼다… .

'하얀 시베리아의 붉은 꽃. 잘못 말했군. 붉은 시베리아의 하얀 꽃 … 아냐! … 에이. 마찬가지야! 저 학생은 똑똑하고 착한 마음씨를 가졌어. 흥미로운 아가씨로군… 그리고 난 포로일 뿐이지.'

조용한 저녁나절에 그는 교외의 수용소를 향해 걷고 또 걸었다.

수용소 포로들은 잠이 오지 않아 누운 채로 천장만 바라보며, 환상의 그림을 만들고, 침묵이 말하는 것을 듣고 있었다. 그들은 아침부터 저녁에 잠자리에 들 때까지 오직 한마디 말만 되풀이했다.

'고향으로! 고향으로!'

3

작은 시인

이 도시의 중국인 거주지에는 중국군이 주둔한 병영과 극장 사이에 수수한 집 한 채가 있었다. 그다지 깨끗하지 않은 이 집은 상점도 운영하고 있었다. 온갖 물건들이 탁자나 바닥이나 큰 상자들 안에 놓여 있었다.

상점 주인은 중국인 노인이었다. 상점 문 앞에 앉아 걸어가는 행인들을 쳐다보면서 그는 언제나 긴 담뱃대를 입에 문 채 담배를 피우고 있었다. 그는 아침의 연주도 들을 수 있었다. 중국군 주둔 병영에서 아침마다 트럼펫 소리를 들려주기 때문이었다. 저녁에는 중국인 배우들이 극장에서 연주하며 노래하는 소리도 듣는다.

노인은 아침부터 저녁까지 앉아 있기만 했다. 그 자리에서 뭔가를 듣는다고 하지만 잘 듣지 못했다. 귀가 좀 먹었는데, 그렇다고 완전히 못 알아듣는 것은 아니다. 귀가 먹은 사람은 철학가다. 철학가는 생각만 할 뿐 노동은 하지 않는다. 상점을 찾는 손님을 맞는 일은 소년과, 예쁘고 키가 큰 소녀의 몫이었다. 그 두 사람은 상점 주인의 자녀였다. 상점 주인의 자녀는 여럿이지만 그중 몇은 미국의 어느 도시에 살고 있다. 상점 주인은 어린 두 자식과 함께 살아가고 있었다. 자녀들의 어머니이자 상점 주인의 아내는 벌써 침묵이 지배하는 저세상에 가 있다. 아내와 사별하고, 고아 같은 두 자식들과 함께 살아가는 노인은 자신도 인간 세상에 온전히 소속되어 있지 않다고 느끼고 있었다. 그는 영원한 잠에 빠져들었으면 하고 염원했다. 이웃 사람들은 그에게 별로 관심을 갖고 있지 않고, 그도 주위를 의식하지 않고 살아갔다. 어린 자녀들만 그를 사랑하기에, 그는 고아 같은 자녀들만 애지중지했다.

상점 안으로 들어가 보자. 창가에는 키 크고 예쁜 소녀가 서 있었다. 소녀는 지저분하고 좁은 거리를 바라보고 있었다. 상점들이 늘어서 있다. 뚱뚱한 론푸가 선 채로 그 소녀를 바라보고 있었다. 소녀는 론푸라는 사람이 자신을 쳐다보자, 무관심하게 창가를 떠나 탁자로 가버렸다. 탁자에는 그녀 오빠가 뭔가를 공부하고 있었다.

"오빠 뭐 해?"

"뭐 좀 쓰고 있어."

"그렇지만 중국어가 아닌걸."

"아니지! 새로운 언어로 쓰고 있다고, 순플로로[1]."

---

1. [옮긴이] 해바라기라는 뜻의 에스페란토.

"순플로로? 그게 무슨 말이야? 난 무슨 말인지 모르겠네."

"에스페란토로 지은 네 이름이지. 아주 아름다운 말이야. 그렇지?"

소녀는 오빠를 한 번, 오빠가 쓰고 있는 것을 한 번 번갈아 보았다. 소녀의 눈가엔 의심이 일었다.

"오빠, 오빠는 아침부터 가게 문 닫을 때까지 배우고 쓰고 읽을 뿐, 내겐 한마디도 하지 않고, 한번 쳐다봐 주지도 않아, 난 외톨이가 되어 버렸어. 난 오빠가 하는 에스페란토가 싫어!"

소년은 한동안 말이 없었다. 그는 누이의 작은 손을 잡았다. 눈길로 그는 용서를 구했다.

"예쁜 순플로로, 내 말을 좀 들어 봐요!"

"순플로로라고 부르지 마! 예쁘지도 않을걸. 오빠의 에스페란토는 싫어!"

"너는 잘 모르는군. 네가 그렇게 말하면 그 말은 네가 사랑을 싫어한다는 말이 되는 거야. 우리 착한 누이는 사랑의 마음이 없나 보네?"

"그런 마음이야 있지. 하지만 그건 오빠가 쓰는 못난

그 언어를 향해서가 아니라, 오빠와 아버지를 위한 거라고."

"또 저 뚱뚱한 론푸를 위해서도. 그렇지?"

그녀는 옆방의 문을 향해 갔지만, 문을 열지는 않았다. 오빠는 자신의 말로 누이의 마음을 다독거렸다.

"잠깐 내 말 한번 들어 봐! 난 너를 사랑해. 아버지도. 네가 저 뚱보 론푸에 관심 없는 걸 나도 알아. 그는 착한 사람이 아냐. 그는 네 마음보다도 네 지참금과 아버지 가게에 더 관심이 많아. 그렇지만 난 그런 사람들도 사랑하지."

"백인들도? 그들은 나쁜 사람들이야. 그들은 싫어."

"누이야, 너는 세상을 잘 모르는구나. 사람들이 피부색은 서로 달라도, 마음으로 느끼는 감정은 똑같아. 내가 강습이 열리는 곳에 가 보면, 그곳엔 러시아, 독일, 라트비아, 체코, 루마니아 사람들이 모두 형제 같다고."

"하지만 그들은 백인들이야."

"그렇지만 그들이 나를 형제나 다름없이 대하는 걸 느끼게 된다고. 그분들은 내 친구야."

"그 사람들 믿지 마. 백인들이 우리 중국 사람의 친구가 될 수는 없어. 오빠, 오빠야말로 우리가 사는 세상을 잘 모르고 있어."

"네 말이 이 오빠 마음을 상하게 하는군. 넌 오빠를 잘 모르는구나. 내가 참아야지."

중국인 소년은 다시 펜을 잡고 열심히 써 내려갔다. 그는 천장을 한번 쳐다보고, 종이에 뭔가 쓰고 또 써 내려갔다. 소년의 누이는 탁자 옆의 의자를 당겨 앉아, 생각에 잠긴다.

'내가 정말 나쁜 누이일까?'

갑자기 어떤 미국 군인이 문을 열고 들어선다. 그는 에스페란토로 인사를 건넨다.

"안녕, 친구!… 아, 너 혼자 있는 게 아니네. 실례하네!"

중국인 소년은 그 군인에게 오른손을 내밀고서, 왼손으로 소녀를 가리켰다.

"제 누이 순플로로입니다."

미국 군인은 소녀에게 손 내밀어 악수를 청하지만, 소녀는 응하지 않는다. 소녀도 손님에게 인사하지만 중국식이다. 군인은 한동안 소녀를 바라보았다.

"이치오팡. 여동생이 예쁘구나. 부러운걸. 아름다운 아가씨구나. 누이 이름이 정말 순플로로니?"

"그럼요. 에스페란토로 지은 이름이라고요."

"자네 누이도 에스페란토로 말하니?"

"아뇨, 아미코[2], 누이는 에스페란토가 싫다고 해요."

"누이가 싫어한다고?"

"그래요. 누이는 우리를 이해하지 못해요."

"누이에게 가르쳐 주면 어때? 이치오팡!"

군인은 그렇게 말하고 다시 소녀를 바라보았다.

"아가씨. 이름도 예쁘고, 무척 아름답군요. 하지만 내 친구 작은 중국인 형제인 오빠의 마음을 잘 헤아려 주세요. 오빠는 보통 사람들이 가지지 못한 정말 착한 마음씨를 지녔어요. 아름다운 감정과 좋은 생각이야말로 이 세상에 소중한 것이라고요."

소녀는 창백해졌다. 소녀는 군인이 하는 말을 알아듣지 못했다.

"저 사람이 뭐래?"

소녀가 오빠에게 물었다. 이치오팡이 군인이 한 말을

---

2. [옮긴이] 친구라는 뜻의 에스페란토.

중국말로 이야기해 주자, 소녀는 한동안 군인을 물끄러미 바라보았다.

"저 사람은 미군이야?"

그녀가 묻는다.

"그럼, 미군이지."

"언니 오빠가 사는 샌프란시스코에서 왔는지 물어봐."

"누이가 당신이 미군인지, 또 우리 형과 누나가 사는 샌프란시스코에서 왔는지 물어요."

"아니에요. 지금 나는 미국 군대에 속해 있을 뿐이에요. 나는 시베리아에 주둔하는 미국 군대에 근무하고 있어요. 나는 슬로바키아 사람이에요. 내 고향은 미국이 아니라, 머나먼 헝가리 땅이라고요. 나는 포로로 미군 부대에서 일하고 있답니다."

이치오팡은 누이에게 그 말의 뜻을 전했다. 그녀는 눈을 크게 뜨며, 말없이 창가의 의자로 다가갔다.

"우리 강습회 참가자들의 복장이 진실과는 거리가 멀다는 점이 흥미롭군요. 야니스 레코는 러시아 군인이지만 라트비아 사람이고, 마랴 불스키는 러시아 김나지움 교복을 입은 폴란드 여성이고, 우리 선생님이신 파울로 나다이는 러시아 민간인 복장이지만 헝가리 사람이고. 아미코, 당신은 미군 복장이지만 슬로바키아 사람이고요. 내 옷만 진실을 말하는군요. 나는 진짜 중국 사람이에요."

"더구나 마음씨도 아주 착한 중국 사람이지."

그 군인이 말했다.

"그런데 지금 뭐 하고 있어?"

"저는 지금 배우고 쓰고 있어요."

"에스페란토를? 종이에 쓴 것을 좀 보여 주게."

"안 돼요! 그럴 용기가 없네요 … 그냥 연습하고 있는 건데요."

군인은 탁자에 다가가, 종이를 집어 들고는 그가 쓴 것을 읽어보고 또 읽어보았다. 이치오팡의 누이는 군인과 오빠를 유심히 지켜보고 있었다. 군인이 오빠가 쓴 것을 신중하게 보는 것을 소녀는 바라보고 있었다. 군인의 눈길에서 만족한 느낌이 보이자, 군인 옆의 오빠의 얼굴은 백짓장처럼 새하얘졌다.

군인은 다시 종이를 탁자에 놓았다.

"음, 이치오팡. 너의 옷도 진실과는 거리가 멀군. 너는 중국 사람이 아니라 에스페란토 시인이야. 내가 거짓말했다면 내 손에 장을 지질게. 지금 넌 시를 쓴 거라고. 아름답고 마음에 와닿네."

"마음에 들어요?"

"그럼, 정말로 좋아! 진짜 시라고! 이치오팡, 넌 우리 강습회의 시인이야."

"저어, 그건 내가 아는 낱말들로 만든 문장을 단순히 늘어놓은 것에 지나지 않아요."

"단순히 문장을 늘어놓았다고? 그렇지만 그 속에 운율과 정서가 담겨 있다고. 잘 들어 봐! 내가 한 번 읽어볼게."

「우리의 언어에게」

에스페란토, 아름다운 언어.
내 안의 생각은 벌써 너를 만나네.
나의 노래로 너를 향해 인사하면
내 안의 마음은 벌써 너를 반기네.

오, 네 고향을 묻는 이에게
너는 이렇게 대답하네 :
에스페란토 말의 고향은
여기, 이곳 우리가 사는 온 누리라네.

온 세상 사람을 주인으로 대접하고
온 세상 사람을 더 높은 곳으로 이끌고,
배우는 사람의 가슴마다 아름다움과
선한 마음 지니게 하는 너, 에스페란토.

세상에 새로운 감동을,
사랑의 아름다운 마음을 전하는 너는
세상의 증오와 복수를
평화와 형제애로 바꾸어 주네.

에스페란토. 내 너를 통해 배운 것은
새로운 문화, 새로운 임무 …
배우는 내가 줄 수 있는 것이라곤
진실된 나의 마음뿐![3]

"이치오팡, 이 시는 정말 아름답네. 음악이 되어 흐르고 있어요."

"제가 쓴 문장을 잘 읽으시네요. 저는 '로'R 발음이 어려워요."

"자네 발음은 지금 문제가 되지 않아. 내가 지금 이 시를 가져가, 우리 강습회 참가자들과 함께 저녁을 유쾌하게 보낼 수 있었으면 하네."

"그러면 가져가세요. 하지만 저는 그럴 용기가 나지 않아요. 저는 집에 남겠어요."

---

3. IA LINGVO

Vi, bela lingvo, Esperanto, / en mi la penso jam ne mutas; / parolas sentoj en la kanto, / per kiu vin mi nun salutas.

Ho, kie estas via lando? — / demandas homoj. La respondo : / La lingvo-land' de Esperanto / jam estas nia tuta mondo!

Al tuta mond' vi apartenas, / al alto levas vi la Homon / kaj kiu vin en koro tenas, / de vi ricevas Belon, Bonon.

En homan mondon venas Amo / per Nova Sento, kormuziko; / vi faras Pacon el malamo / kaj fraton el la malamiko.

Vi donas al mi, Esperanto, / kulturon novan kaj laboron … / Sed kion donu mi, lernanto? / Akceptu mian tutan koron!

"그러면 절대 안 돼! 우리 시인은 동료들 가운데, 내 옆에 앉아 있기만 하면 돼. 강습회가 시작되기 전에 다시 수용소에 가 봐야 해. 몇 가지 맛있는 먹거리를 준비할게. 자네는 알지, 내가 미국 군인이지만, 우리 형제들은 수용소 안에 살고 있다는 걸. 저녁에 만나지!"

군인은 시를 호주머니 안에 넣고서 이치오팡의 손을 다정하게 잡았다. 그는 이치오팡의 누이에게는 거수경례를 하고 길을 나섰다.

이치오팡은 상점 문 앞에 섰다. 그는 자기 시를 호주머니 안에 넣고 걸어가고 있는 백인 친구를 보고 있었다.

오누이는 말없이 앉아 있었다. 누이는 먼저 말을 걸어 보고 싶었지만, 용기가 나지 않았다. 누이는 오빠가 군인의 사랑을 받고 있음을 느꼈다. 그 백인은 오빠의 말을 이해하는데, 누이는 오빠가 무슨 이야기를 했는지 몰랐다. 정말 몰랐을까? 정말 그럴까? 지금 누이는 오빠와 군인 사이의 우정을 느끼고, 그러한 감동이 자신의 마음속에도 와 닿음을 느꼈다.

누이는 오빠에게 다가가, 오빠의 머리에 작은 손을 얹고 솔직하게 말했다.

"난 … 나는 요 … 뭐랄까? … 나는 오빠가 하는 에스페란토를 싫어하지 않아 … 나는 … 나는 좋아하지 않을 뿐이야. 용서해 줄 수 있어?"

이치오팡은 사랑스러운 누이의 눈을 바라보았다. 그는 용서했다는 듯이 즐거이 말했다.

"오, 그래, 그럼 … 너도 이제 에스페란토를 배우는 길에 들어섰네."

"아, 아니, 아니! 전혀! … 오빠가 쓰는 에스페란토로 내 이름이 뭐랬지?"

"순플로로."

"순플로로 … 순플로로 … 아까 그 사람이 내 이름 예쁘다고 했어?"

"그 사람이라니? 그 사람 누구?"

"저어, 그 사람 … 오빠 손님 … 오빠 친구 … 미 … 미군. 저 멀리 헝가리 땅이 고향인 슬로바키아 사람."

"그래, 네 이름도 예쁘고, 너도 예쁘다고 했어."

"뭐, 나도? … 순플로로 … 순플로로 … 정말 나쁜 이름은 아니구나."

"내가 말했지. 넌 이미 에스페란토 배우는 길에 들어

섰다고 했잖아."

"아니거든. 하지만 … 그 사람 이름이 뭐야?"

"누구 이름?"

"저어, 오빠 친구 … 내 생각엔 그는 나쁜 백인은 아니야."

"그 사람 이름은 … 실은 아직 몰라. 나는 그를 그냥 '아미코'라고 부르지. 저녁에 내가 만나게 되면 그때 … "

"그에게 이름을 물어보진 마! 나도 그를 아미코라 부르고 싶어, 아미코라는 이름 마음에 들어."

"이름만? 그가 백인이라는 점을 생각해."

"그래 맞아. 그는 백인이고 나는 진짜 중국인이야. 그래도 나는 그를 아미코라고 부르겠어."

"순플로로. 순플로로. 너도 이제 다 컸구나."

"그리고 오빠는 굉장한 심술꾸러기네. 안 그런가?"

그녀는 상점 문으로 갔다.

"아버지, 아버지. 들리세요? 이치오팡 오빠의 친구이자 그 손님 있지요. 그 사람은 미국 사람이 아니래요. 샌프란시스코엔 살지 않았대요."

누이가 이미 길에 나와 있어 누이가 하는 말을 이치오

팡은 들을 수 없었다. 그는 한동안 생각에 잠겼다.

'에스페란토는 언어일 뿐만 아니라 사람의 마음을 열어 주는 열쇠이구나. 그 마음은 인류에게 유익하고도 중요한 요소이구나.'

4

공원의 수업

포근하고 아름다운 날이었다. 시민 공원에서 산책하려는 사람들에겐 날씨가 좋아 기분도 상쾌했다. 시민 공원은 진짜 공원이 아니라 이름만 공원이었다. 시민 회관 뒤의 크지 않은 정원이 그것이다. 정원의 큰 나무들은 초록색 옷을 입고 있었다. 노란 꽃, 붉은 꽃은 사람들의 눈길을 기다리고, 이 세상을 창조한 조물주에게 비를 내려주기를 바라고 있었다. 좁은 산책길엔 인적이 드물었다. 피곤한 사람들을 위해 만들어 놓은, 나무 아래 놓인 낡은 벤치에는 아직 아무도 없었다.

오늘은 이 도시의 중요한 날이다. 이날의 이름은 러시아 달력에 붉은 글씨로 적혀 있다. 그러나 지금은 달력만 홀로 붉은색이 아니다. 집들도 붉은 옷을 입고, 사람들도 붉은 마음을 갖고 있었다. 시민 회관에는 대단한 정치 집회가 열리고 있었다.

수강생들이 출입문 앞에 서 있었다. 러시아 정치는 그들의 흥밋거리가 아니었다. 그들은 러시아 사람이 아니다. 보가티레바 여사와 김나지움의 여학생들인 스미르노바 양과 르카체바 양만 러시아 사람일 뿐. 정치는 부인네들의 일이 아니고, 여학생들은 정치를 이해하지 못했다. 나이 많은 우체국 직원 쿠라토프 씨만 이에 대해 생각하지만, 그는 이미 구세대였다. 지금의 정치는 그의 마음에 들지 않았다. 하지만 그는 정치에 대해 말하지 않았다. 그는 사무실에서 충실히 일할 뿐이다.

"혁명의 시대,"

그는 말을 꺼냈다.

"그런 시대에는 사람들이 진정 바라는 것이 무엇인지 잘 모릅니다. 어제는 황제가 한 사람 있었지요. 군인들은 그에게 장수하기를 기원했어요. 오늘은 황제가 많아졌어요. 그래서 군인들은 이제 많은 황제에게 장수하길 기원하지요. 어느 장교가 군인들에게 '이제 황제는 더 이상 황제가 아니야.'라고 말하는 것도 들었어요. 좋아요. 모두 똑같아요! 하지만 군인들은 병영에서 행진할 때, 그들은 황제 찬가를 불러댑니다. 그들에겐 새 노래가 없습니다. 나는 황제가 하나이든지, 열이든지 마찬가지라고 봐요. 사람들을 이해할 수 있으면 되지요! 혁명의 시대엔 사람들이 여러 가지 색깔을 갖고 있습니다. 그 시대 정치가 바라는 색깔로 가게 마련이지요. 그래서 사람들은 모두 카멜레온입니다. 하지만 나는 색깔이 없는 사람입니다."

"그런데 쿠라토프 씨는 진실을 말하지 않는군요. 더 좋아하는 색깔이 있지요. 그 색은 초록색입니다. 그렇지요."

스미르노바 양이 노신사의 약점을 건드린다.

"초록색이라?"

그리곤 쿠라토프는 한동안 아무 말이 없다.

"음, 맞아요! 학생이 한 말은 틀리지 않군요. 정말 내 마음엔 초록색이 어울리지요 … 정말 나는 초록색을 좋아해요. 하지만, 신사 숙녀 여러분, 여기 이렇게 서 있기만 하렵니까?"

"우리 선생님이 아직 오지 않았어요. 좀 더 기다려 봅시다! 이치오팡과 미군 아미코도 아직 도착하지 않았답니다. 기다려 줍시다!"

드러나지 않는 요청이 마랴 불스키의 말 속에 숨어 있었다.

쿠라토프는 머리를 끄덕이며 그러자고 했다. 보가티레바 여사는 모두가 받아들일 제안을 하나 했다.

"우리 공원 안으로 들어갑시다."

그녀가 말했다.

"레코 씨가 정원 출입문 앞에서 기다리시죠. 저는 피곤하답니다. 오늘 온종일 집안일만 했거든요. 어떤가요?"

"예, 예! 공원 안으로 들어가지요! 산책할 분은 산책하고, 앉아 쉴 분은 저기 벤치로 갑시다."

트카체바 양이 강습생들의 바람을 대신 말했다.

"자, 좋습니다! 저와 보가티레바 여사는 산책하지 않으렵니다. 젊은 분들은 산책하세요."

"아이, 쿠라토프 씨. 아름다운 말로 저를 칭찬하시는군요. 그런데 제가 늙었나요?"

"아, 아닙니다. 저보다 젊지요. 이 말은 나도 젊다는 걸 뜻하지요."

"정말 그리 생각하세요?"

"그럼요. 당신 옆의 나이 많은 사람도 마음은 젊지요."

"고맙군요. 제 얘기 들었나요, 남자분들? 쿠라토프 씨처럼 칭찬하는 법을 배우세요. 여러분도 동감합니까?"

"그럼요. 물론 그렇고말고요."

남자들은 이구동성 동의를 표했다.

"정말 여러분들은 마음씨가 곱군요. 하지만 진실은 말하지 않는군요."

"그건 무슨 말씀인가요?"

"늙은 마음은 저랍니다. 제일 나이 많은 사람이 제 옆에 계시지만, 마음은 오히려 더 어려요. 어린 마음은 평화를 지니고 있어요. 어린아이 같다고요. 왜냐하면 저는 어머니 같은 마음을 지녔으니까요. 저는 여러분 모두를 모성애로 사랑합니다. 정말이에요. 저는 여러분을 사랑합니다. 저는 강습회에도 정성을 쏟고 있답니다. 오늘이 달력엔 붉은 날이라, 집도 깨끗이 치워 놓았지요. 그래서 여러분을 저희 식탁으로 초대하고 싶답니다."

"보가티레바 여사님, 고마워요. 초대에 기꺼이 응하겠어요. 좋아요. 아주 좋아요."

모두 한목소리로 말했다.

"오늘 기분이 아주 좋으시군요."

쿠라토프가 말했다.

"제가 마음이 젊은 사람의 친구니까요."

이렇게 대답하고는 보가티레바 여사가 젊은 소녀들과 남자들에게 눈짓했다.

"마음이 늙은 사람의 친구도 되나요?"

"오, 쿠라토프 씨. 머리가 썩 좋지 않군요. 조금 전에 말했어요. 당신은 제 옆에서 당신의 마음이 젊다고 했어요. 신사분의 찬사는 믿을 게 못 되는군요."

수강생들은 가벼운 마음으로 공원 안으로 들어갔다. 출입문엔 야니스 레코만 남아 있었다. 그는 라트비아 출신의 러시아 군인이다. 하지만 그가 혼자 기다리는 시간은 그리 길지 않았다. 선생님은 곧 왔다. 두 사람은 우정이 담긴 인사를 나누었다.

"다른 분들은 공원에 계십니다."

"자, 갑시다."

"예, 하지만 이치오팡과 미군 페트로 콜루쉬는 아직…."

"그들은 기다리지 않아도 됩니다! 오는 길에 제가 우리의 작은 시인의 집에 가 보았는데, 우리의 아미코 콜루쉬도 그곳에 함께 있었어요. 그들은 오늘 오지 않습니다. 이치오팡 아버지가 편찮으십니다. 이치오팡은 아버지 머리맡에서 간호해야 하거든요. 콜루쉬는 수용소로 다시 갔어요. 그곳엔 에스페란토를 사용하는 훌륭한 의사 선생님이 한 분 계시거든요."

라트비아 사람과 선생님은 공원으로 들어갔다. 그들

은 나이 많은 쿠라토프의 음성이 들리는 곳으로 갔다. 쿠라토프의 말이 선생님에겐 흥미로웠다. 선생님은 이 평화로운 모임에서 그리 멀지 않은 곳에 멈추어 섰다. 레코도 멈추어 섰다. 레코는 선생님이 그들을 위해 회화를 해 보는 시간을 내어 주고 있다는 것을, 또 이러한 실제 회화 경험을 통해 가르친 것을 점검하고 있다는 것을 알았다.

"내가 어떻게 해서 에스페란티스토가 되었는지, 마랴 불스키 양에게 말할 수 있을까요? 아가씨가 나더러 고귀한 색깔을 지녔다고 말했지요. 그것은 바로 초록색이랍니다. 아가씨의 말이 맞아요. 지금 우리가 여기 이렇게 평화롭게 앉아, 내가 지니고 있는 초록색에 대한 감동을 함께 느끼는 많은 청소년을 대할 때, 나는 아름다운 선물을 받는 것 같아요. 나는 이미 늙은 사람이지만, 한편으로는 에스페란토의 오랜 친구이기도 하지요. 내가 어떻게 해서 에스페란티스토가 되었는지 아가씨가 물었지요? 자, 이제 내가 여러분께 에스페란토를 배우게 된 경위를 말해 주지요….

나는 이 언어를 싫어하진 않았지만, 에스페란토가 좋다고는 그리 믿지 않았어요. 이 국제어에 대해 처음 들었을 때는 어릴 적이었지요. 내가 고등학교에 다닐 때 바르샤바에서 온 한 친구가 있었어요. 그 친구가 이 언어를 만들어 동급생들에게 제안했던 어떤 소년에 대해 말해 주었지요. 내 생각엔, 그것이 어린애들이 하는 장난이라고 친구에게 말했답니다. 나는 개인이 만든 언어를 어떻게 많은 사람들이 받아들일 수 있겠는가 하는 의문을 갖고 있었지요. 그러고 세월이 많이 흘렀어요. 우리는 오랫동안 만나지 못했지요….

그런데 화창한 어느 날이었어요. (나는 당시 장교로 근무하고 있었고, 우체국 직원은 아니었지요. 그땐 두 손이 다 있었지요. 한 손이 아니라.) 나는 길에서 우연히 그 친구를 만나게 되었어요. 나는 그에게, 그는 나에게 인사했어요. 우리는 그 자리에 멈춰 서서, 가족 근황과 군 생활에 대한 이야기를 나누었답니다. 그는 헤어지기에 앞서 내게 얇은 책 한 권을 쥐여 주더군요. 이것이 무슨 책인가 하고 내가 물었답니다. 자네가 이전에 '어린애 장난'이라고 말한 그 국제어라고 하더군요. 그때 그 소년이 만든 그 언어를 많은 사람들이 배우고 사용하고 있다며, 나더러 한번 배워 볼 것을 권한 뒤 그는 나와 작별했답니다.

나는 받은 책을 뒤적이며 읽어 보다가 장롱 속에 넣어 두었어요. 그게 나에게는 별 흥미가 없었답니다. 그 친구는 내가 근무하던 연대에 소속되지 않아, 우리는 또다시 한동안 못 만났지요.

그런데… 그런데 엄청 힘들고 불행한 때가 닥쳐왔답니다. 러-일 전쟁이 벌어졌지요. 나는 서유럽 쪽의 러시아 땅에 근무하다가 전쟁 때문에 이 먼 만주 근방으로 오게 되었답니다. 내 친구도 우리 연대의 이웃 연대에 배속되었고 우리는 매일 전투에 참가했답니다. 그 당시 처참한 광경을 무수히 겪었지만, 한편으로 그 당시가 내 마음속에 초록색을 받아들인 때이기도 하지요… 그날, 일본군에 우리의 젊은 신출내기 러시아 군인들이 무참히 침묵의 인간으로 변해버린 그날, 우린 그 군인들을 땅에 묻어야 했지요. 당시 전장에서 살아남은, 적은 수효의 군인들은 포로가 되어 일본에 끌려갔지요. 불행하게도, 나와 그 친구도 그 포로들 속에 들어 있었답니다. 그 친구는 중상을 입고, 나는… 나는… 보다시피 손이 하나만 남게 되었지요.

… 당시 우리는 일본에서 가장 견디기 힘든 나날을 보내고 있었답니다. 어느 날, 일본인 의사 한 분이 우리를

찾아왔답니다. 의사는 내 친구와 나를 차별해 치료하진 않았지만, 의사는 우리나라에서 늘 내 친구가 갖고 다니던 에스페란토 학습서를 발견하고 난 뒤로 내 친구에 대한 관심이 갑자기 커지더군요. 그는 회진 때마다 내 친구 병상에서 오래 머물다 가곤 했답니다. 의사는 독일어와 영어를 할 줄 알았지만, 우리는 겨우 프랑스어를 서툴게 할 정도였지요. 끝내, 그는 우리말을, 우리는 그의 말을 알아듣지 못했답니다. 난 의사가 내 친구를 더 좋아하는구나, 하고 생각했지요.

… 그 뒤, 어느 날, 의사는 일본 민간인 세 사람을 모시고 내 친구 침대로 왔어요. 그 세 사람 중 가장 나이 많은 사람이 그 의사의 아버지였지요. 그분은 다정한 눈길로 내 친구에게 손을 내밀더군요. "에스페란티스토이지요?" 그분이 묻자, 내 친구가 그렇다고 했답니다. 나는 그 순간, 나는 말이죠, 내 마음속에 뭔가 뭉클함을 느꼈답니다. 세 명의 민간인은 내 친구가 자신들의 친구가 된 것처럼 서로 인사를 나누더군요. 그들은 우리같이 불쌍한 포로들에게 공감의 마음을 보여 준, 지금까지 우리가 보지 못했던 일본인들이었답니다… .

그런 일이 있은 후, 내 친구는 기분이 한결 나아졌습니다. 그 의사를 비롯한 일본인들이 수시로 친구를 찾아왔습니다. 그런데 내 친구가 이젠 힘을 잃어, 거대한 죽음의 손에 맡겨질 때까지도 그들이 왔습니다. 그때 나는 인간이 인간애로 서로 이야기하면 원수마저도 따뜻한 마음을 지니게 된다는 것을 알게 되었어요…. 친구가 죽자, 의사는 내 친구가 지녔던 그 작은 학습서를 내게 전해 주었지요. 이번에는 그 일본인 친구들이 내 침대로 찾아오더군요. 나는 여러분께 사실을 말하고 있습니다.

그렇게 해서 나는 에스페란티스토가 되었답니다. 마랴 불스키 양, 그로 인해 나는 그 일본인 친구들이 가졌던 인간애를 배워, 오늘 내가 그리던 아름다운 선물을 받게 되었어요. 아, 여러분, 에스페란토는 언어일 뿐만 아니라, 마음엔 평화를, 머리엔 문화를 가져다주는 우리의 이상이라고 할 수 있지요. 진정한 에스페란티스토라면 자신의 조국은 아버지의 집이요, 민족 문화는 부모라는 것을 느끼고 있답니다. 에스페란티스토는 자식의 도리로서 조국과 민족 문화를 사랑해요. 하지만 또한 진정한 에스페란티스토라면 이런 점도 느끼고 있지요. 세계는 온 인류 가족의 조국이며, 다양한 문화는 서로 형제라는 것을 에스페란티스토는 공감하고 있습니다.

그래서 나는 에스페란티스토가 되었어요. 나는 나 스스로 한 인간으로 느끼고, 우리 인간 형제가 나와 같은 민족이든 그렇지 않든 개의치 않고, 똑같은 인간으로 대합니다. 총과 칼이 없어야 인간은 서로 형제가 됩니다. 총칼로는 우리는 인간이 될 수 없습니다. 여러분, 이 늙은 러시아 형제가 하는 말을 이해합니까?"

듣고 있던 모두가 말이 없지만, 침묵 속에 반박도 없었다. 오히려 이런 침묵은 뭔가 생각을 풍부하게 만드는 조화로움이 있었다. 체코, 루마니아, 러시아의 군복이나, 민간인 복장의 포로들은 한 손만 있는 이 늙은이에게 따뜻한 고마움을 느꼈다. 그의 이야기는 어버이 같은 손길로 모두의 마음을 어루만진다.

아가씨들과 보가티레바 여사는 늙은 우체국 직원의 하얀 머리카락과 아름답게 빛나는 푸른 눈을 말없이 바라보았다. 지금 이분은 품위 있는 군복을 입은, 힘세고 젊은 남자들보다도 더 멋있고 아름답게 보였다.

파울로 나다이 선생은 쿠라토프 씨에게 다가가 진심

으로 고맙다고 말했다.

“쿠라토프 씨, 제가 여태껏 강습회에서 했던 어떤 강의보다 더 아름답고 훌륭한 강의를 하셨습니다. 대단히 고맙습니다. 선생님의 가르침을 제 마음에 꼭 간직하겠습니다.”

보가티레바 여사가 손을 들며 주목을 끌었다.

“잠깐, 여러분. 오늘 보가티레바 여사께서 또 제안할 모양입니다.”

쿠라토프가 말했다.

“새로운 제안은 아닙니다만, 한 말씀 드리자면, 이미 시간이 충분히 되었지요. 나다이 선생님, 선생님의 강의는 제 집에서 하시죠.”

“자, 보세요. 내가 뭐랬어요? 새 제안이지요.”

“조용히 하세요. 쿠라토프 씨. 당신은 … 당신은 … 아이 같은 마음을 가진 노인이에요.”

“고맙군요. 그 말 꼭 맞네요.”

사람들은 이제 공원 출입문으로 향한다.

“자, 말해 봐요, 쿠라토프 씨, 생선을 좋아하세요?“

보가티레바 여사가 몰래 살짝 묻는다.

"물속에 있을 때만, 여사님. 물속에 있을 때만!"

"그러면 물은 좋아하세요?"

"술과 함께라면, 여사님. 술과 함께라면! 그런데 댁에 브랜디는 없어요?"

"물과 함께요? 쿠라토프 씨."

"아뇨! 아뇨! 내가 늙었지만 젊은 마음은 진짜배기 브랜디를 좋아합니다요."

"저는 진짜배기 브랜디를 드릴 수 있어요. 오늘 정말 감동적인 말씀을 하셨으니까. 정말 저의 마음에 감동을 갖게 했네요 … 그럼요."

"내가 브랜디를 많이 마시면 유혹할 수 있다는 것 아시죠?"

"예. 그러나 꿈에 … 꿈속에서 그러시겠지요. 쿠라토프 씨."

5

흥미로운 날

시간은 흘러갔다. 많은 나날이 잿빛이었다. 앞으로의 나날이 따분할 일만 계속된다는 암시였다. 하지만 사람들의 기억 속에 남아 있는 날도 있었다. 그런 날이 오늘이다.

규모가 크지 않은 에스페란토 강습회 수강생들은 아침부터 시민 회관으로 달려갔다. 보가티레바 여사가 가장 아름다운 옷차림이었다. 쿠라토프 씨는 검정색 옷을 입고 있었다. 그는 흰 머리카락을 단정하게 빗겨 내렸다. 아가씨들은 '이 모양이 어울릴까, 아니면 저 모양이 어울릴까?' 하며 자신의 거울 앞에서 오랫동안 서성였다. 군인들의 군복도 새로웠다. 선생님은 오늘을 위해 동료로부터 멋진 옷 한 벌을 빌렸다. 순플로로도 오빠인 이치오팡과 함께 전통 복장으로 모임을 향해 가고 있다. 축제일인가? 아니다! 축제일은 아니지만 소규모의 강습 당사자들에겐 중요한 날이다. 시민 회관 출입문에는 굵은 글씨로 쓰인 종이 안내문이 사람들에게 이렇게 알리고 있다. 〈에스페란토 보급의 아침〉(장소 : 회관 내 대강당)

보통 사람들과 포로들, 김나지움의 여학생들이나 중국 소년들로 구성된 이 모임을 개최할 용기가 어떻게 났을까? 아무 도움을 받지 않고는 그들이 이런 시민 행사를 개최할 수 없는데, 누가 도움을 주었을까? 물론 이 사업을 도운 사람이 있었다.

약 15일 전에 트카체바 양이 친척을 한 사람 모시고 강습회에 찾아왔다. 그 사람은 육군 대령으로 이 도시에서 주요 직책을 맡고 있었다. 그는 강습에 참석하여, 당일 강의가 끝날 때까지 주의를 기울이며 듣고 있었다. 그는 에스페란토를 잘 이해하지 못하지만, 선생님이 질문하면 수강생들이 용기 있게 긴 문장으로 대답하는 것을 보았다. 그는 그들이 웃고 즐거운 마음으로 선생님의 말씀을 썩 잘 이해하는 것도 보았다. 그 대령은 지성인이고 현대인이었다. (그는 평화로운 때에는 끼예프의 김나지움 교수였다.) 그는 에스페란토의 의미와 이를 가르치는 선생님의 노고를 이해하게 되었다.

파울로 나다이가 수강생들에게 "지스 레뷔도."[1]라고 말하자, 대령은 선생님께 경의를 표했다. 대령은 러시아어로 말했지만, 그의 뜻이 트카체바 양에 의해 잘 전달

1. [옮긴이] 에스페란토로 하는 작별 인사.

되었다.

"선생님,"

그 대령은 말했다.

"나의 어린 친척이 에스페란토와 선생님의 가르침에 대해 많은 이야기를 해 주었답니다. 제가 여기 올 때는 그리 큰 기대를 하지 않았습니다. 이 아이가 하는 말을 믿지 않았답니다. 그러나 지금 선생님께서 위대하고도 아름다운 사업을 진행하고 있음을 보게 됩니다. 선생님께서 우리를 위해 좋은 일을 하고 계신 것도요. 이제 나는 선생님이 하시는 일에 관하여 낙관적인 생각을 갖게 됩니다. 나는 오늘 아침보다 지금 이 순간이 한결 마음이 커진 것 같습니다. 선생님에게 진심으로 고맙다는 말씀을 드리고자 합니다."

파울로 나다이도 대령에게 간단하면서도 진심 어린 감사를 표시했다. 선생님은 강습회를 방문해 주셔서 고맙다며, 이 작고 보잘것없는 강습회를 기억해 주시고 도와주셨으면 하는 요청도 했다.

대령은 수강생들과도 대화를 나누었다. 그는 인품으로 보아 자신에게 호감을 갖는 쿠라토프 씨와 트카체바 양과 함께 그 자리를 떠났다.

물론 대령은 그 강습회를 잊지 않았다. 그는 그 방문과, 에스페란토와, 강습으로 훌륭한 봉사 활동을 하고 있는 포로들의 사업에 대해서 많은 이야기를 했다. 그가 이 도시의 자기 동료와 주요 인사들에게 잘 설명해, 이 작은 강습회가 오늘과 같은 중요한 날을 맞게 된 것이다.

대강당의 극장 무대는 긴 의자 몇 개와 칠판, 탁자와 여러 개의 의자가 놓인 교실을 보여 주고 있었다. 긴 의자에는 수강생들이 앉아 있었다. 보나고 씨는 세계 에스페란토 협회[2]의 블라디보스토크 지역 대표자였다. 뻬르바야 르예츠카에 있는 전쟁포로인 에스페란티스토들의 편지를 그가 가져왔다. 편지는 파울로 나다이 앞으로 보낸 것이었다.

웅장하고 아름다운 청중석에 일반 시민들이 참석해 있었다. 부인과 함께 참석한 많은 장교들, 이 도시를 대표하는 주요 인사들, 일반 시민들, 시내 김나지움 네 곳에서 참관하러 온 학생들, 군인들. 또 중국인들과 조선 사람들

---

2. [옮긴이] 1905년 창립된 에스페란토 단체로, 본부는 네덜란드에 있음.

도 보였다. 그러나 이들의 수효는 많지 않았다.

참석자들은 육군 대령의 말에 귀를 기울였다. 그는 러시아어로 오늘 이 극장에 지성인들이 왜, 무엇 때문에 모였는지를 말하고 있었다. (여기서 나는 대령이 행한 아름다운 연설의 내용만 말할 것이다.) 오늘 모임은 정치적 모임이 아닌 문화 모임이라고 했다. 그는 선생님과 수강생들이 극장에서 들려주는 것에 대해 참석자들이 경청해 주기를 요청했다.

"여러분, 여기 강습회에 다니는 청소년들은 여덟 개의 서로 다른 민족 구성원들로 이루어져 있음을 유념해 주십시오. 2개월 전만 해도 이분들은 서로가 서로를 이해하지 못했습니다. 이 과정은 넉 달 과정이라 이분들은 아직 배우는 과정에 있음을 잊지 말아 주십시오! 선생님이 질문하고, 학생들이 이 자리에서 공개적으로 질문에 대답할 때, 그 점을 잊지 말아 주십시오. 젊은이들이 하는 사업은 러시아 사람들뿐만 아니라, 지구상의 모든 인간 가족에게도 꼭 필요한 것임을 보여 주고 있습니다. 자, 이제 우리 이분들의 이야기를 들어 봅시다!"

대령의 연설은 청중의 마음에 들었다. 그리고 수강생

들의 강습회 수강 시범도 마찬가지였다. 수강생들은 용기 있고 또 아름답게 대답을 해냈다. 그들은 간단한 문장으로 일상생활, 학교생활, 가족 사항과 에스페란토에 대해 이야기했다. 이치오팡은 자신이 지은 시를 당당하게 말하고, 아미코인 페트로 콜루쉬가 잘 가르친 덕분에 '로'R가 들어간 문자를 이제는 그도 썩 잘 발음해 내는 것을 많은 사람들이 듣고 있었다.

순플로로도 청중석에 앉아 있었다. 그녀는 청중이 만족해하자, 오빠에 대한 따뜻한 마음을 갖게 되었다. 하지만 키 크고 힘센 '아미코'가 말을 할 때, 순플로로는 아예 눈을 감아버렸다. 그녀의 심장은 콩콩거리고, 얼굴은 백합처럼 하얗게 되었다. 이제 참석자들이 박수로 칭찬을 보내자, 순플로로는 비로소 밤처럼 까만 눈을 뜨고 안도감 어린 미소로 아미코를 바라보았다.

보가티레바 여사도 자신이 알고 있는 것을 잘 해냈다. 참석자들은 특히 용기 있고 나이 많은 보가티레바 여사의 역할에 흡족해했다. 독일 사람이지만 러시아 군인인 에른스트 마이어, 러시아 김나지움 학생들 에우게니아 트카체바 양과 발랴 스미르노바 양. 체코 사람 피벨 부딘

카, 루마니아 군인 아드리안 베라리우도 훌륭히 맡은 역할을 해냈다. 가장 키가 작은 이반 아베르키예프는 나이가 어리고 용기가 없어 서툴게 말했지만, 아주 잘생긴 소년이라 참석자들은 그만하면 충분하다며 이해해 주었다. 쿠라토프 씨는 수강생이 아니었다. 그는 벤치에 앉아 있을 뿐이었다.

청중의 가장 큰 갈채는 마랴 불스키에게 돌아갔다. 그녀의 미모, 아름다운 발음, 풍부하고 흥미로운 대답들과, 연애편지를 어머니와 딸이 서로 다른 뜻으로 읽은 것에 대한 그녀의 이야기로 그녀는 청중의 공감을 가장 크게 불러일으켰다. 세계 에스페란토 협회 지역 대표 보나고 씨가 청중 앞에서 그녀에게 진심으로 축하했다. 마랴 불스키는 매우, 매우 행복해했다. 그녀는 고마움이 담긴 눈길로 나다이 선생님을 가리키며, 강습생들을 잘 이끌어주신 분이 바로 파울로 나다이라며 감사의 말을 청중에게 러시아어로 말했다. 청중은 선생님의 노력을 잘 이해했다.

쿠라토프 씨는 선생님의 강습, 다양한 만족으로 구성된 수강생들의 화합, 에스페란토에 대한 자신의 사랑 등에 대해 이야기했다. 그는 러시아어로 이야기했고, 청중의 온 시선이 집중되었다.

이제 보나고 씨가 자리에서 일어났다. 그는 오랫동안 에스페란토와, 이 언어의 역사와 유용성에 대한 연설을 했다. 그는 블라디보스토크 에스페란토 협회에 대해 소개하는 연설을 했다. 요즈음 15개의 민족으로 구성된 수백 명의 에스페란티스토들이 블라디보스토크를 방문한다고 했다. 그는 새 강습에 많은 사람들이 참가하기를 권유하며, 이 행사에 공감해준 청중들에 고마움을 표했다.

이제 집으로 갈 시간이었지만, 출입문 앞에서 많은 사람들이 강습에 참여하겠다며 자신의 주소를 보가티레바 여사와 쿠라토프 씨에게 적어 주었다. 선생님과 수강생들만 남게 되자, 그들은 서로를 축하했다. 아, 정말 아름다운 날이구나! 이제부터 이들은 이전보다 더 에스페란토를 사랑하게 되었다.

"사랑하는 동료 여러분,"

나다이의 음성은 정말 아름다운 음률을 가지고 있다.

"여러분의 수고로 이 어려운 행사를 아름답게 마무리 할 수 있게 되어 고맙습니다. 여러분 도시에 에스페란토를 보급하는 데 많은 도움이 될 것입니다. 그러나 들어 보십시오! 저는 뻬르바야 르예츠카에 있는 친구에게 편지 한 통을 받았습니다. 그 친구도 에스페란티스토입니다. 이 편지에는 여러분이 관심을 가질 부분도 들어 있습니다."

"우리 들어 보십시다. 어서 읽어 보세요!"

"그는 이렇게 썼습니다.

사랑하는 친구에게.

형제애로 나는 자네에게 인사하네. 오랫동안 내가 연락을 못 한 것은 시간이 허락하지 않아서네. 사실이라네. 이곳 포로수용소에는 작은 극단이 있네. 베레조브카에 있었을 때의 우리 극단처럼 그렇게 큰 것은 아닐세. 극단을 우리 포로들이 만들었다네. 일본군 장교들 중에 수용소에서 가장 중요한 인사인 어떤 대령이 우리에게 여러 물품들을 선물로 주었다네. 지금 그 일로 내가 바쁘다는 것을 이해해 주게.

내가 이곳 수용소에 살게 된 것은 얼마 되지 않았음을 자네는 알지. 지금 여기서 나는 진짜 이름이 아니라 사업 때문에 비밀리에 떠난 포로의 이름으로 살고 있네. 그러나 자네가 편지할 때는 내 본명으로 해 주게. 우체국 직원도 우리와 같은 전쟁 포로라네. 일본 사람들은 부유해 우리에게 여러 가지 음식을 주기도 하고, 마실 술도 주지만, 자유만은 허락하지 않네. 지금 러시아 사람들은 가난하고, 정치적으로 많은 어려움을 당하고 있지만, 그래도 이 사람들은 자유를 누리고 있지. 그 때문에 나는 비밀리에 여기까지 왔다네.

일본인들은 손님들에게 친절한 사람들이라네. 자네가 적절한 시간을 내어 공개적으로 방문해도 된다네. 수용소 정문에서 출입증을 요구하게. 만약 올 때는 혼자 오지 말고, 자네가 가르치는 사람들과 함께 와 주게! 우리 수용소가 있는 이곳에도 에스페란티스토들이 많이 수용되어 있어, 여러 가지 일과 흥미로운 대화를 나눌 수 있는 〈에스페란토 카페〉를 만들어 놓았다네.

꼭 자네의 수강생들과 함께 다녀가게! 연극배우로 활동하는 나는 일본군 장교들 중에 좋은 친구들을 많이 알고 있네. 그리고 나는 에스페란티스토이자 아주 마음씨 좋은 일본 해군 대령 한 사람도 알고 있다네. 그는 나를 비롯한 에스페란티스토인 포로들에게 도움을 주고 있네.

이만 줄이네.

잘 있게.

미카엘로 샤로쉬로부터

"자, 여러분, 이 문제를 어떻게 생각하나요? 우리가 한 번 가 볼까요, 아니면?"

모인 사람들은 편지의 제안에 마음이 끌렸다.

"예, 우리 한번 가 봅시다! 니콜스크에서 블라디보스토크까지 그리 먼 거리는 아니니까요. 우리 용기를 가져 봐요. 언제 가는 것이 좋을까요?"

"저는 모르겠어요. 좀 더 생각해 보고, 강습 기간에 갈지 어쩔지를 결정하자는 제안을 하고 싶네요. 좋습니까?"

보가티레바 여사가 말했다.

"당신이 또 한 번 제안하시는군요."

늙은 우체국 직원이 웃으며 말했다.

다른 사람들도 웃는다. 정말 기분 좋게 그들은 시민 회관을 나와 각자의 행선지로 갔다.

◆◇

마랴 불스키와 파울로 나다이는 같은 방향으로 가고 있었다. 그들과 함께, 이치오팡과 그의 누이도 시내의 중국인 거리까지 같이 걷고 있었다.

"선생님, 마음에 든다면 제가 선생님을 중국인이 운영하는 극장으로 초대하고자 합니다. 오늘 저녁 저희 집으로 오십시오. 우리 극장은 매우 흥미로울 겁니다. 왜냐하면 그것은 선생님의 것들과는 다르기 때문이지요."

"좋아요! 그런데, 아버님 건강은 어때요? 좀 나아지셨나요?"

"아뇨! 의사 선생님 말에 따르면, 아버지의 병은 연로하여 심장이 나빠졌기 때문이라고 합니다. 의사 선생님이 아버지에게 약을 주셨지만, 큰 도움은 되지 않았어요."

"그리고 순플로로 양, 이제는 우리 언어를 싫어하지 않지요?"

순플로로는 대답이 없었다. 선생님의 말에서 그녀가 아는 말이라곤 자신의 이름뿐이었다. 그녀는 오빠를 쳐다보았다. 이치오팡이 누이를 도와줬다. 그녀는 눈을 잠깐 감고는, 질문에 대해 생각해 보고 다시 눈을 떠, 아주 귀엽게 대답했다.

"순플롤로 … 에스펠란토 사랑한다 … 좋은 에스펠란토. 좋은 친구 순플롤로 … 예 … 예!"

선생은 눈이 휘둥그레졌다. 이치오팡이 웃었다.

"누이에게 '넌 지금 에스페란토를 배우고 있어.'라고 말했더니 아니라고 했거든요. 오늘 시인하는군요. 우리의 아미코가 저희 집에서 대화하고 있을 때, 동생이 주의 깊게 듣고서, 염두에 두었던 낱말들이 무슨 말인지 물어본답니다. 제 누이는 그런 사람이에요."

"에스페란토를 잘 배우세요. 순플로로."

나다이가 말했다. 그녀는 오빠의 도움 없이도 그 말을 이해했다. 그녀는 좀 전처럼 다시 눈을 잠시 감았다 떴다.

"아뇨! … 나 … 순플로로 … 중국 여자."

그리고 그녀는 자신을 가리켰다.

"그러나 당신은 현대 중국 여성입니다. 그것은 오빠가 현대 중국 사람인 것과 같아요. 당신의 발도 그것을 보여주고 있어요. 중국의 수많은 부모가 딸의 발을 억지로 작게 만들었지만, 당신 부모님은 그렇게 하지 않았어요. 당신은 현대적인 생각과 현대적인 모습을 하고 있어요."

그 긴 문장에서 순플로로가 이해할 수 있는 말은 딱

한마디뿐이었다. '현대 중국 여자.'

그리고 그녀는 선생님이 손으로 자기 발을 가리킨 것도 이해했다.

그녀는 깊이 생각에 잠긴 뒤, 제 발을 가리키며 대답한다.

"순플롤로, 현대 중국 여자입니다."

그리고 자신의 심장을 가리키며 말했다.

"순플롤로, 옛날 중국 여자입니다."

그녀는 아주 귀엽고, 어린아이 같아, 마랴 불스키가 그녀를 껴안고 볼을 비볐다. 나다이와 이치오팡이 웃었다. 그러나 웃음이 오래 가진 못했다. 백인들이 자기네를 싫어한다고 중국인들이 자주 느끼는 곳인, 그런 거리의 한가운데서 백인 소녀 마랴 불스키가 중국 소녀에게 한 입맞춤은 아주 감동적이고, 아주 특별했다. 얼굴이 백짓장이 된 순플로로는 이해가 되지 않는다는 듯이 바라보며 서 있었다. 그녀는 가만히 서서 마랴를 향한 눈길을 거두지 않았다. 이치오팡은 제 누이를 잘 알았다.

"제가 잘못했나요, 순플로로?"

마랴가 묻는다.

"당신이 내 마음에 들고, 당신을 좋아한다는 것을 내가 나타내 보인 것이에요. 용서해 줘요. 순플로로!"

순플로로는 선 채, 말없이 마랴를 쳐다보았다. 마랴 불스키는 울고 싶은 기분이 들었다.

"저, 이치오팡, 누이에게 누이가 나의 작은 중국 자매이기에 내가 입을 맞추었다고 말해 줘요. 백인 소녀와 중국인 소녀는 서로 같지 않나요?"

이치오팡이 제 누이에게 말을 전할 때, 누이는 말없이 듣고 있지만, 눈길은 장미처럼 붉은 마랴 불스키의 얼굴에 여전히 남아 있었다.

"자, 순플로로, 내가 당신의 폴란드인 자매가 아닌가요? 그리고 당신은 나의 중국인 자매가 아닌가요?"

순플로로의 아름다운 검은 눈동자에 눈물이 고였다. 이 눈물은 그녀의 백짓장이 된 얼굴에 흘러내렸다. 그녀가 머리를 끄덕여 그렇다고 했다.

"예 … 자매 … 순플롤로 자매 … 친구, 이치오팡, 자매, 좋은 에스펠란토."

그리고 그녀는 중국식 예절로 마랴 불스키와 선생님께 인사하고는 아버지가 계신 곳으로 서둘러 가 버렸다.

"제가 누이에게 잘못했나요? 이치오팡, 말해 봐요!"

"아닙니다! 당신이 누이 마음을 감동시켰어요. 그리고 말로 설명할 수 없는 감정을 갖게 해 주었답니다. 한 번의 입맞춤으로 제 누이가 저를 이해하는 마음을 갖도록 했으니까요."

"그런데, 누이가 그냥 가 버린 걸 보면, 제가 잘못해서…."

"예, 누이는 갔지요…. 당신은 이 도시의 수많은 러시아 사람들이 키우고 있는 일본산 식물을 아세요? 그 식물은 섬세한 잎을 가지고 있답니다. 그 잎을 건드리면 그 잎들은 움츠러들어 한동안 그런 상태로 있습니다. 바로 그런 식물이 제 누이의 마음속에도 있어요."

6

친밀한 저녁

파울로 나다이는 탁자 앞에 앉아 있었다. 그는 러시아 가정의 깨끗한 방 안에 놓인 이 물건 저 물건으로 눈길을 옮겼다. 호기심 가득한 눈길은 천장까지 뻗은 큰 난로에 잠시 머물렀다. 이 난로는 두 사람이 팔을 벌려야 안을 수 있을 정도의 두툼한 것이었다. 벽에 걸린 성화聖畫들에도 잠시 눈길이 머물렀다. 이 그림들은 오래된 것이었다. 그림 위에는 몇 해가 흘렀는지 보여 주는 흔적이 있다. 벽면은 하얗다. 집 전체를 나무로 만들었다고는 아무도 생각하지 않았다. 단지 천장만 나무의 색이 드러날 뿐… 아, 가구들은 수수하면서도 튼튼하구나. 저 의자들은 수백 년 동안 사용해도 될 정도로 견고하고, 탁자는 만든 사람이 일생의 작품으로 여기고 작업했음을 알 수 있었다. 방 안의 모든 것이 감동을 줄 정도로 검소하고, 이 가정의 숨김없는 가난에 대해서 말하고 있었다.

탁자에 하얀 식탁보가 깔려 있었다. 집 안에서 쓰는 물건. 작은 접시들. 이 접시들 위에는 수수한 유리컵과 작은 숟갈이 놓여 있었다. 좀 더 큰 접시에는 갈색 러시아 빵이 놓여 있다. 안주인이 만들었구나. 탁자 위쪽 안주인 자리에서 왼편으로 러시아 가정에서 가장 값비싼 물건이 놓여 있었다. 사모바르다. 이것은 가정생활의 상징이다. 온 가족이 기나긴 저녁 내내 사모바르의 아름다운 소리를 들으면서 친해진다. 탁자 주위에 앉아 하루 일을 이야기하고, 좀 더 나은 미래를 조용히 꿈꾸고 있을 때 말이다. 러시아 사모바르는 시적 감흥을 불러일으키는 대상이자 시 그 자체라고 할 수 있다. 지금 사모바르는 이미 탁자 위에 놓여 있고, 윙윙거리며, 음악 소리를 내며, 안주인의 손길을 기다리고 있었다.

파울로 나다이도 안주인을 기다리고 있었다. 안주인이 자기 집의 수수한 식탁으로 그를 초대했다. 나다이의 눈길이 출입문에 잠시 머물렀다. 그리고 마랴 불스키가 들어올 때까지 그 눈길을 거두지 않았다.

마랴는 축제일의 김나지움 학생복 차림이었다. 마랴는 용서를 구하듯이 손님에게 살짝 웃음을 지었다. 나다이도 마주 보며 웃었다. 그는 이 아가씨가 오월의 햇살 같다는 생각이 들었다. 어린이가 저 높은 곳에 계시는 하느님께 찬가를 부를 때의 모습처럼.

"오랫동안 기다리게 했지요?"

"아니지요! 이 집이 조용하니, 쉬는 것도 좋은걸요."

"저어, 저희 집은 너무 가난해 호사스런 것이란 전혀 없네요. 저희 아버지는 평범한 노동자예요."

"아버지는 안 보이시는군요. 집에 안 계시나요?"

"저희도 아버지를 만나 뵙기가 아주 어려워요. 아버지는 캄차카반도에서 일하시다 일 년에 한 번 돌아오시는데, 한 달 정도 머물다 가십니다. 아버지는 그곳에서 저어, … 저어 … 아, 저는 그 낱말을 모르겠어요! 저어, 사람들이 누런 돌로 약혼반지를 만드는 그런 곳에서."

"알았어요. 그분은 금 캐는 광산에서 일하고 계시는군요."

"예, 황제의 광산이지만, 이제 황제 소유가 아닌 곳에서요. 일 년 중 열한 달 동안 저희는 아버지가 안 계신 가운데 외로이 살아가야 해요. 어머니는 그리 건강하시지도 못하고, 힘도 약해요. 제가 집안일과 동생들을 돌보며 어머니를 돕고 있어요. 예, 저는 형제자매가 많아요. 네 명. 그 애들을 만나 보시겠어요?"

"아, 예! 보고 싶어요. 나도 어린아이들을 좋아합니다."

"그 점은 저도 알아요. 저는 선생님의 눈길에서 아버지 같은 감정을 보았어요. 그땐 선생님이 아름다웠답니다."

"그러면 지금은 못생겼나요? 그렇죠?"

"찬사를 기대하진 마세요. 선생님. 우리 아가씨들은 관심을 끌려고 찬사를 보내진 않아요."

"당신은 아가씨가 아니에요. 김나지움 여학생이지요. 소녀, 어린 소녀일 뿐이지요."

"어린 소녀라뇨? 저는 벌써 열여덟 살인걸요. 올해는 제가 김나지움의 졸업반이라고요. 예, 선생님! 제가 여느 소녀와 마찬가지로 생각도 많고 관심도 많은 아가씨라는 것을 알아주세요…. 자, 선생님은 그 아이들이 보고 싶다고 했지요?"

"가 봅시다! 또 내 말을 용서해 주기 바랍니다."

"벌써 용서했답니다. 가시죠. 온종일 놀다 저녁에 공부하는 게으른 어린아이들을 보세요."

마랴가 다른 방의 문을 열었다. 나다이는 아이들이 있는 방을 보았다. 그들은 탁자 주위에 앉아 있었다. 아이들은 손님이 오는 것을 보고는 자리에서 일어나 인사한다.

"보세요. 애들을! 이 아이는 여동생 오렐라, 저 졸린 눈을 한 소년은 남동생 타데우즈, 입가에 웃음 짓는 저

작은 소녀는 여동생 에르나, 이 마음이 여린 꼬맹이는요 발랴인데, 빵은 '큰' 것을, 버터는 '듬뿍' 발라먹기를 좋아하지요. 자, 이 애들이 마음에 드시나요?"

"아이들이 참 잘생겼네요."

"이제 선생님도 제가 어른이 된 것을 알 수 있겠지요. 제가 가장 나이가 많아요."

마랴는 형제자매들을 다시 앉게 했다.

"자, 공부 다 하고 나서 잠을 자도록! 하나, 둘, 셋! 오렐라, 뭘 읽고 있니? 수학 공부는 다 했니?"

"시작도 못 했어. 언니가 가르쳐 주어야지. 잘 알면서도."

"지금 난 시간이 없어. 머리를 싸매고 공부해. 네 손에 든 그 책, 이리 줘!"

오렐라는 주기 싫다는 듯이 책을 언니에게 주고는, 어려운 수학 숙제를 하려고 탁자에 앉았다.

나다이는 폴란드 말을 모르지만, 어린이들을 바라보면서 마랴의 말을 유심히 들으며, 이 형제자매들의 태도를 보며 생각에 잠겼다. '마랴는 이제 김나지움 여학생이 아니구나. 벌써 오래전부터 이 아이들의 제2의 엄마가 되었구나.' 나다이는 눈앞에 펼쳐진 상황과, "엄마"라는 낱말이 머릿속에서 떠나지 않아, 마랴가 다른 방으로 돌아가서 차를 들자고 제안하자, 그는 어린아이처럼 "예"하고 대답했다.

그들은 탁자에 앉았다. 마랴는 차를 준비했다. 그사이 나다이는 마랴가 오렐라에게서 건네받은 그 책을 훑어보았다. 그 책은 『율리우스 스워바츠키Juliusz Slowaczky 1의 시집』이었다.

"아, 오렐라는 언제나 그래요! 온종일 아무것도 하지 않는답니다. 그녀는 책만 열심히 읽어요."

"그러나 아름다운 책들이겠지요."

"아, 꼭 그렇지도 않아요."

"하지만 이번엔 동생이 아름다운 시집을 읽고 있어요. 나도 이 시인의 시를 잘 알아요. 나도 좋아하고요. 내가 기억하고 있는 「주여, 슬픕니다」라는 시를 그분이 지었는데, 내 마음에 꼭 들었답니다. 그 시는 아주 아름다워요."

"무슨 언어로 그 시를 읽었나요?"

---

1. [옮긴이] 율리우스 스워바츠키(1809~1849)는 폴란드의 시인이자 극작가로 19세기 폴란드 문학의 지도적인 인물이다.

"에스페란토로요. 에스페란토 번역은 안토니 그라보브스키Antoni Grabovski라는 분이 했답니다."

"그 시를 기억하고 있나요?… 저어, 말해 보세요. 우리가 번역을 한번 맞춰 봐요. 잠깐만요. 제가 시의 원문을 찾아보겠어요. 아, 여기 있군요…."

나다이가 그 번역시를 감정을 실어 아름답게 낭독하자, 마랴가 이를 비교해 본다.

"둘 다 아름다워요."

낭독이 끝나자 마랴가 말했다.

그들은 오랫동안 폴란드 문학과 헝가리 문학에 대해 이야기를 나누었다. 또한 에스페란토 문학에 대해서도. 폴란드의 재능 있는 사람들이 에스페란토 문학에 이바지했다. 카지미르 바인Kazimir Bein, 레오 벨몬트Leo Belmont, 바즈네브스키J. Waznewsky. 또 러시아 사람들도 이바지했다.

"아, 그렇지만 에스페란토 문학은 아직 너무 빈약해요!"

마랴가 말했다.

"오늘의 에스페란토 문학은 풍부하지 못하지만, 생명력은 강합니다. 들어 보세요. 10년이나 20년 뒤… 우리의 작가들과 시인들이 언제나 이 언어를 완벽하게 쓸 수 있도록 노력하고 있답니다. 그들의 작품들이 에스페란토를 아름다운 말로 만드는 데 앞장설 것이고, 그들의 노고는 언제나 우리의 새로운 문화를 위해 유익한 업적을 낳을 것입니다."

"선생님은 그렇게 되리라 믿어요?"

"수많은 사람이 에스페란토에 바친 위대한 사랑, 그 고상한 업적은 훌륭한 결실을 거두리라 확신해요. 지금은 1919년이고, 전쟁과 혁명의 시대이지만, 일이십 년이 지나면…."

"오, 어디까지 날아가시는 거예요? 지금 현재를 보세요. 제가 선생님을 이해하지 못한다고 생각진 마세요. 그러나 지금의 제 생각은요, 우리 모임에는 에스페란토 책이나 잡지가 없다는 거예요. 언어를 잘 배우려면 그 언어로 된 문학작품을 꼭 읽어야 합니다. 그런 방법으로 우리는 우리 어머니 말을 사랑하는 법을 배웠고, 그렇게 러시아어과 독일어를 배웠답니다. 그 점을 생각해 보세요!"

"나도 이미 그 점을 자주 생각해 왔답니다."

"그럼, 우리는 뭘 하지요?"

그리고 마랴는 다시 물었다.

"잘 모르겠군요. 내가 10권의 책을 가지고 있지요. 우리 모임을 위해 이 책을 기증하지요. 시작은 언제나 어려운 법이랍니다."

"강습회를 대표해서 고맙게 받겠습니다. 그러나 선생님은… ."

"아, 나는 그 책들을 벌써 여러 번 읽었어요. 하지만 그중 한 권은 제가 갖고 있을 것입니다. 그것은 기념으로 간직해야 됩니다."

"무엇에 대한 기념이에요? 어떤 일에 대한 기념인가요? 아니면 어떤 사람에 대한 기념인가요?"

"내가 어린아이처럼 울었던 날을 기념해서."

"선생님, 그 이야기를 제게 들려줄 수 없나요?"

"원한다면 해 드리죠."

"원하고말고요, 이야기 해 주세요. 어서요, 어서요 … 선생님!"

"1916년 나는 베레조브까의 포로수용소에 있었어요. 아마 11월인가 12월이었지요. 온 땅이 흰 옷으로 덮여 있었어요. 수용소 바깥은 아주 추웠어요. 수용소의 감방은 공기가 나빴어요. 그곳에 누워서 우리는 천장을 바라보았지요. 어쩌다가 한 번씩 서로 대화했지요. 우리 헝가리 사람들은 침울한, 아주 침울한 상태에 빠져 있었어요. 독일 사람들은 우리보다 나은 분위기였어요. 왜냐하면 그들은 매일 먼 고향에서 온 편지와 소포를 받을 수 있었거든요. 그들의 군사 우편 제도는 훌륭했지요. 우리 헝가리 사람들은 우리 부모와 아내, 연인과 자식 들에게 간혹 짧은 소식을 들을 수 있었어요. 왜냐고요? 이유는 모르겠지만, 어쨌든 그랬어요. 지금도 마찬가지지요. 내가 어머니에게서 편지를 받은 것이 1917년 2월이 마지막이었어요.

한 번은 수용소의 우편배달원이 나를 찾아왔어요. 그는 내게 소포가 왔다고 알려 주었어요. 내 심장이 강렬하게 뛰더군요. 고향에서 온 소포라고! 지금 우리처럼 고아나 다름없는 사람들에게 소포가 무엇을 의미하는지 생각해 보세요. 내가 우체국까지 갔지요. 아니 달려갔지요. 소포가 있었어요. 그 소포에는 사랑하는 어머니의 필적이 있었어요. 내가 재빨리 내 방으로 뛰어 돌아온, 그 10분 동안 가졌던 그 느낌을 아마 당신은 모를 겁니다.

그런데, 내 방에서 … 내 방, 그곳에서 … 돌 하나와 더러운 군용 빵 하나가 러시아어로 쓴 종이쪽지와 함께 그 소포에 들어 있지 않겠어요.

"이 소포는 러시아 우체국에 이 상태로 들어옴."

어머니가 사랑으로 내게 준, 그 내용물을 꺼내 간 사람이 누군지 나는 모릅니다. 헝가리인지 아니면 러시아의 군사 우편 당국인지? 둘 다 똑같아요!

며칠이 지났어요. 일주일이 더 지났어요. 우리 우편 배달원이 또 한 번 나를 찾았어요. 이번에도 소포가 와 있다고 그는 말했습니다. 나는 군대의 나쁜 행동에 대한 생각 때문에 우체국에 가고 싶지도 않았어요. 그런데 그 착한 사람은 두 번 세 번 나에게 찾아가라고 하면서 이번 소포는 아주 크다고 이야기했어요.

하는 수 없이 나는 찾아가서 소포를 받았어요. 이번에는 제네바에서 온 것이었어요. 세계 에스페란토 협회가 내게 보낸 것이지요. 책이었다고요! 에스페란토 책들! 헝가리 책도 우리가 받아 볼 수 없는 상황이었지요. 왜냐하면 러시아 검열관은 그런 책자들을 불 속에 집어넣어 버렸기 때문이에요. 검열관은 헝가리어를 몰랐나 봐요. 그 수용소 안에서의 나의 동료들은 내가 가져온 소포를 호기심 어린 눈으로 바라보았어요. 나는 10권의 예쁜 책과, 프랑스 우체국이 제네바로 보낸 다른 소포도 발견했어요. 이 소포를 뜯어보니, 보온용 옷, 파이프, 담배, 초콜릿, 궐련, 좋은 신발 두 켤레가 있었어요. 군인에게 필요한 다양하면서도 유용한 물건들이었지요. 에스페란토로 쓴 글을 차마 볼 수 없었어요. 눈물 때문에 눈앞이 가렸거든요. 나는 어린아이처럼 울어버렸어요. 왜냐고요? … 잠시만 기다려 주세요!

나다이는 호주머니에서 편지 몇 통을 끄집어내어, 그 가운데에서 찾았다.

"바로 이 편지군요! 들어 보세요!"

사랑하는 친구에게, 아니면 적(?)에게.

나는 『에스페란토』[2] 잡지에서 당신 이름을 발견했어요. 그리고 나는 지금 알게 되었어요. 당신이 지금 러시아의 포로수용소에 있다는 것을. 나는 당신 생각을 해 보고는 전쟁

2. [옮긴이] 세계 에스페란토 협회에서 발행하는 잡지.

이 일어나기 전에 우리가 우정 어린 편지를 교환했다는 것도 생각났습니다. 나는 가난한 프랑스 군인이지만, 군인에게 보낼 수 있는 것만 보냅니다. 이것을 받으십시오. 그리고 건강하십시오!

당신의
알프레드 피토이스 올림
현재 ○○○에서의 보병 하사.

그 날짜, 장소, 연대의 이름은 프랑스 검열관이 두꺼운 푸른 색연필로 지워 버렸어요. 이것이 그 이야기의 전부입니다. 이것은 처음부터 끝까지 사실이에요… 그 때문에 나는 그 책들 가운데 에스페란토로 된 성경을 간직하고 싶습니다."

오랜 침묵은 이야기가 끝난 뒤에도 계속되었다. 마랴는 침묵을 깰 용기가 없었다. 나다이는 지금 추억 속에 남아 있었다. 몇 분 뒤에야 서로서로 바라보았다. 그들의 눈에는 양쪽 다 똑같은 감동이 말없이 흐르고, 그것은 인간에 대한 아주 따뜻한 이해였다.

두 손이 탁자 위에서 다정하게 마주 잡는다. 사모바르가 소리를 냈다. 선생님과 여학생은 서로를 더 가깝게 느꼈다. 이들을 대변해 주는 것은 그들이 아니라, 길고 긴 침묵이었다.

7

블라디보스토크에서

작은 강습회 회원들 중 몇 명은 니콜스크에서 열차로 아침에 출발해 블라디보스토크역에 도착했다. 역에는 보나고 씨와 일본 포로수용소에서 온 샤로쉬 씨가 마중 나왔다. 보나고 씨는 작은 에스페란토 깃발을 높이 들고 있었고, 샤로쉬 씨는 친구 나다이를 찾기 위해 객차 옆으로 이리저리 뛰어다녔다. 그런데 그는 쉽게 나다이를 찾을 수 있었다. 나다이와 함께 온 마랴 불스키가 일행이 앉은 좌석 창문으로 에스페란토 깃발을 흔들고 있었기 때문이었다. 일행은 마랴를 포함하여 나다이, 쿠라토프, 발랴 스미르노바, 에우게니아 트카체바, 보가티레바 등이다.

서로 인사를 나눈 뒤, 그들은 시내 간선 도로를 걸어갔다. 높은 집들, 많은 상점들이 있었다. 그러나 분위기는 유럽풍이 아니라 동양적이었다. 그들은 많은 화물을 싣거나 내리려고 배들이 정박해 있는 항구를 보기도 했다. 큰 군함들도 해안가에 평화로이 서 있었다. 처음으로 바다를 보는 나다이는 길을 멈추고 바다를 바라보았다.

"바다는 정말 흥미롭군. 저걸 보아요, 마랴. 여기에서 우리는 '황금의 뿔' 항구 쪽을 다 볼 수 있고, 자유의 바다도 볼 수 있어요. 바다는 무척 아름다워! 그렇지 않아요?"

"저는 바다가 싫어요, 제가 바다를 미워할 것 같은 예감이 들어요."

"왜요? 난 아주 아름다운데."

"예, 바다는 매우 아름답지만 아주 무심해요. 바다는 영원히 우리를 갈라놓을지도 몰라요."

"그러나 바다는 동시에 멀리 떨어진 친구를 다시 만날 수 있는 길이기도 하지요."

"선생님은 그걸 믿어요? 오, 아주 낙천주의자군요."

"예, 그렇게 믿고 싶어요. 마랴는 꼬마 염세주의자가 되겠군요."

보나고 씨의 제안 때문에 두 사람의 유쾌하지 않은 대화는 거기서 그쳤다.

"여러분."

보나고 씨가 말했다.

"저는 여러분을 먼저 블라디보스토크 에스페란토 협회로 초대하고자 합니다. 그곳에서 우리는 아침을 먹게 될 것입니다. 협회는 제 사무실 안에 있습니다. 아시다시피 제가 시 공증인이라 공무가 있지만 오늘은 쉴 수 있습니다. 저는 제 사무실에 공증인보를 두고 있습니다. 그도 우리의 오랜 동지입니다. 그다음에 우리는 자동차로 뻬르바야 르예츠까에 있는 포로수용소를 방문할 예정입니다. 좋습니까?"

손님들은 동의했다. 잠시 뒤 일행은 공증인 사무소에 도착했다.

"도서실로 와 주십시오! 여기가 우리 모임을 갖는 장소입니다. 아마 더 편안한 장소가 될 것입니다."

보나고 씨가 초대하듯 문을 열어 보였다.

아, 얼마나 많은 책들인가! 벽에는 아름다운 두 개의 초록 깃발 사이에 에스페란토 창안자 라자로 루도비코 자멘호프Lazaro Ludoviko Zamenhof 박사의 초상화가 걸려 있었다.

초상화 아래 가장자리에 창안자가 친히 블라디보스토크 에스페란토 협회에 보낸 여러 편지들도 걸려 있었다. 식탁에는 아침 식사가 준비되어 있었다. 일행의 눈길은 음식으로 향하고, 귀는 시가 들려오는 쪽으로 향했다. 축음기에서 에스페란토 찬가가 흘러나왔다. 축음기가 놓여 있는 탁자 곁에 나이가 지긋한 대머리 신사가 서 있었다. 그는 손님들을 친절히 맞았다.

“어서 오십시오. 존경하는 동지 여러분! 제가 이 협회 사무국장입니다. 식탁에 앉으시지요!”

손님들은 인사를 받고서도 출입문 앞에서 찬가를 듣고 있었다.

“엔 라 몬돈 베나스 노바 센토[1]….”

아름다운 멜로디지만, 나다이는 그 멜로디를 몰랐다. 널리 알려진 멜로디는 아니었다. 스웨덴 작곡가가 만든 옛 멜로디로 아주 적은 수의 에스페란티스토들만 알고 있다. 경쾌한 리듬도 아니었다.

찬가가 끝나자 손님들과 주인들이 식탁에 둘러앉았다. 에스페란토로 즐거운 대화가 시작되었다. 에스페란토 언어와 운동과, 이 언어의 역사, 보나고 씨와 공증인보가 알고 있는 많은 사람들 가운데 초기의 러시아 선구자들에 대한 이야기들이 오갔다. 그는 1905년 불로뉴-쉬르-메르 1차 세계 에스페란토 대회 때 만났던 자멘호프에 대해서도 이야기했다. 그가 직접 참석했던 두서너 대회에 대한

1. [옮긴이] En la mondon venas nova sento…. ‘이 세상으로 새로운 정서가 온다….’는 뜻.

느낌을 이야기해 주었다.

"제1차 대회는 잊을 수 없는 추억으로 간직하고 있습니다. 저를 포함해서 참석자들은 아, 정말 즐거웠으며, 정말 감동적인 분위기를 느꼈지요! 에스페란토 제1세대가 벌써 결실을 맺고 다음 세대의 에스페란티스토들도 일상생활에서 이 언어를 실제로 이용하게 될 것입니다. 후세대들은 우리가 가졌던 감동을 상상조차 할 수 없을 것입니다. 우리 초기의 선구자들은 전제 군주제하에서 오랫동안 박해를 당하기도 하고, 일반인들도 그 이상주의적 활동을 비웃거나 때로는 모욕을 주기조차 했지요. 저는 우리 일에 대한 정치적 오해로 인해 시베리아로 유배당해 온 몇몇 동지들을 알고 있습니다. 나중에 정치적 오해가 풀렸지만, 동지들은 이곳 시베리아에 남았습니다. 예, 존경하는 친구 여러분, 우리 일은 벌써 순교자를 냈으며, 우리 일은 더욱더 순교자를 낼 수 있겠지만 그것은 중요하지 않습니다. 우리는 첫 난관을 극복했으며, 불로뉴-쉬르-메르 대회는 우리의 첫 축제입니다. 열심히 일한 뒤에는 축제가 여러 번 다가오지요. 그동안 우리는 일해야 합니다. 온 인류에게 유익한 봉사를 하기 위해 때로는 싸우기조차 해야 합니다."

손님들은 믿음과 헌신적인 노력으로 인류의 가장 아름다운 꿈 가운데 하나를 실현시킨 그 첫 세대에 속하는 보나고의 마음씨 고운 얼굴을 존경스러운 눈으로 보았다.

"당신은 직접 대스승을 만나 보셨지요. 그렇지 않습니까, 보나고 씨? 그분에 대해 말해 주십시오! 전쟁 전에 그분에게 제가 받은 것이라고는 엽서 한 장뿐이었지요."

나다이가 말했다.

"우리의 대스승 자멘호프는 – 나고는 초상화를 가리키며 말했다. – 1859년 12월 15일에 태어났습니다. 그는 그 시대의 가장 겸손하고도 천재적인 인물이었습니다. 그러나 그는 가장 용기 있는 사람들 가운데 한 사람이기도 합니다. 왜냐하면 그는 꿈을 가지고 있었을 뿐만 아니라 자신의 꿈을 이야기하고 이를 실현시키는 데 용감했기 때문입니다. 그는 유대인이자 폴란드 애국자였기 때문에 전제 군주제 통치 방식에는 부적절한 인물이었지요.

… 그럼에도 불구하고 그는 용기를 잃지 않고, 온 인류를 인간 형제로 보고 자신의 행동에 있어서도 그리스

도인보다 더 그리스도적인 '인류인주의'라는 양보할 수 없는 새로운 꿈을 가졌습니다. 끝내 심장병으로 그분은 타계했습니다. 인류를 위해 부질없이 온 삶을 바쳤지 않나 하는 생각을 불러일으키는 그 고통을 그분은 더는 견딜 수 없었지요. 그의 심장은 그렇게 영원히 잠들어야 했습니다! 1917년 4월 17일[2] 그분은 우리들 곁을 떠났습니다. 하지만 그분의 그런 생각은 틀렸답니다. 그분의 희생이 부질없는 것이 아니었으니까요. 사람들은 지금 그분을, 그분의 큰 업적을 이해하고 있습니다."

아침 식사가 끝난 뒤, 보나고 씨와 사무국장은 책으로 가득한 에스페란토 도서관을 보여 주었다. 1차 세계대전 이전의 에스페란토 문학에 관한 거의 모든 책들이 있었다.

사무국장이 축음기를 켰다. 시가 들려왔다. 초기 에스페란토 작가 가운데 한 사람인 데뱌트닌Devjatnin이 시를 낭송했다.

손님들은 기분이 좋았다. 블라디보스토크의 방문 첫

---

2. [옮긴이] 자멘호프 박사의 사망일은 4월 14일, 장례는 4월 17일이다.

날이 이렇게 아름답게 시작되니 즐거웠다. 자동차가 이미 저 아래 길에서 기다리고 있었다. 길에서 그들은 몇 분 동안 유쾌하게 시간을 보냈다.

큰 자동차 두 대가 준비되어 있었다. 한 대에는 러시아인 운전자가 있고, 다른 한 대에는 일본군 운전자와, 키 작은 일본 남자가 동승하고 있었다. 그 남자는 일본 해군 복장의 장교였다. 그는 자기 차로 부인들을 친절히 안내했다.

"이분은 해군 대령 오바입니다. 저기, 항구에 보이는 군함 '히젠'에 근무하고 있습니다."

샤로쉬가 친구 나다이에게 대령을 소개했다.

"이분이 포로수용소의 우리 모임에 자주 방문합니다. 보이지요, 그는 군복에 에스페란토 배지를 달고 있지요. 그는 아주, 아주 좋은 사람입니다. 그가 어떤 인물인가를 나중에 보십시오."

두 자동차는 산길을 따라 뻬르뱌야 르예츠까에 있는 포로수용소를 향해 달렸다. 수용소들이 산 위에 있고, 수용소 주변은 나무 울타리로 장벽이 만들어져 있었다. 나무 울타리의 한쪽 출입구에 서 있던 일본 군인들이 손님들에게 군대식으로 인사했다. 공식 출입 허가증을 보고, 출입문을 열어주었다. 두 대의 자동차는 포로수용소의 '에스페란티스토 카페'까지 나아갔다.

아, 얼마나 많은 사람들인가! 모두 남자이고 군인이지만, 옷은 각양각색으로 군복이거나, 민간인 복장 차림이었다. 수많은 사람들이 손님들을 맞으러 나와 있었다. 포로수용소에서 여자들, 진짜 여자들을 보다니! 매혹적이고, 아름다운 아가씨들! 진짜 아가씨! 수용소의 젊은 남자들이 옷과 가발을 이용하여 여자로 변장하고서 출연하는 극단과는 달랐다. 젊은 아가씨들은 자신들에게 쏠리는 커다란 관심을 느꼈다. 그들은 호기심 가득한 시선에 선뜻 미소로 답했다.

"저는 이렇게 많은 남자분들 사이에 오래 있고 싶지 않은데요."

보가티레바 여사가 미소를 지으며 쿠라토프에게 말했다.

"저 사람들도 오래 계시는 것을 바라지 않는걸요."

그리고 쿠라토프는 농담을 하고 나서 웃었다.

"찬사를 보내 주셔서 고맙군요. 당신, 당신은 정말 어린애 같은 노인이에요!"

그러나 잠시 뒤 그녀는 벌써 쿠라토프 씨에게 평화로운 우정의 미소를 보냈다.

에스페란티스토들은 (아, 이 사람들도 아주 많다!) 카페 앞에 기다리고 있었다. 그들은 새로운 멜로디의 에스페란토 찬가를 부르고 있었다. 그들 가운데 한 사람이 손님들에게 대표로 인사했다. 니콜스크 우수리스크에서 온 사람뿐만 아니라 다른 손님들도 있었다. 체코 군단의 대령, 프랑스 동지 한 사람, 영국 군인이 둘, 미국 군인 한 사람도 참석했다. 그들 모두가 카페 안으로 들어갔다.

2개의 긴 탁자, 4개의 긴 의자. 몇 개의 걸상을 갖춘 수용소의 허름한 방이라서 모두가 다 앉을 수는 없었다. 그것은 중요하지 않았다! 벽마다 벽보가 붙어 있었다. 이 벽보에는 에스페란토 운동에 관한 새 소식이 큰 글씨로 쓰여 있었다. 초록색 깃발과 여러 그림들이 벽에 붙어 있었다. 탁자에 보나고 씨가 매달 무료로 그 에스페란토 협회에 기증하는 다양한 에스페란토 잡지가 놓여 있었다. 가장 흥미로운 물건은 『초록별』인데 이것은 진짜 별이 아니라 포로들을 위한 월간지였다. 포로수용소의 훌륭한 에스페란티스토들이 편집하고, 쓰고, 그림 그려 매우 아름답게 꾸며 1부만 만들었다. 그 잡지의 여러 호들은 에스페란토계가 국제 박물관을 가질 그런 때가 오면, 에스페란토 박물관에 놓일 가치가 있는 물건들이 될 것이다.

에스페란토 책들도 있지만, 그 책들은 이 사람 저 사람이 돌아가며 읽었다. 바기의 첫 작품인 『그와 그녀』도 이미 닳고 닳아, 책 페이지들이 떨어진 채 있을 정도였다. 독일 에스페란티스토들은 좋은 사전과 교재들을 가지고 있었다. 독일어를 모르는 헝가리 사람들은 율리오 바기가 그들을 위해 손으로 써 놓은 사전을 사용했다. 그 사전은 두 권으로 되어 있었다. 그 가운데 한 권은 그의 가장 훌륭한 형제이자, 친구인 샤로쉬가 우정의 선물로 받은 것이었다.

즐겁게 대화를 나누고 있는 동안 종업원들이 (실제로는 종업원이 아니지만, 그중 한 사람은 고향에서 김나지움 교수를 역임한 사람이었다) 과자와 함께 커피를 날라 왔다. 커피는 포로들이 양철 깡통을 변형해서 만든 잔에 담겨 있었다. 하지만 커피는 포로들이 러시아 수용소에서 맛보았던, 뜨거운 불로 구운 갈색 빵으로 만든 그런 커피가 아니라 진짜 커피였다. 이러한 분위기는 정말 사람들의 마음을 아주 흡족하게 해 주었다.

"동지 여러분, 여기 평화로운 분위기 속에 함께 계시는 사람들은 각기 다른 15개 민족으로 구성되어 있습니다."

일본인 오바 대령이 말했다.

"아름답지 않아요? 희망이 보이지 않습니까?"

"오, 예! 에스페란토 만세!"

모인 사람 모두가 외쳤다.

"작은 섬, 인류의 절망의 바다에 있는 희망의 섬."

요제포 미할리크라는 헝가리 사람이 말했다.

"그러나 그런 작은 섬마다 전쟁이 끝난 뒤 새로운 힘과 신선한 에너지를 가지고 일하러 모일 것입니다."

진네르라는 오스트리아 사람이 말했다.

"우리는 실천하는 평화주의자입니다. 우리는 평화를 기원하고 평화를 위해서 일하는 사람입니다."

프랑스 동지가 말했다.

"우리는 민족들 사이에 사랑과 인간애로 조화로운 협력이 이뤄지기를 원합니다."

체코 장교가 덧붙였다.

그리고 누구나 다가올 평화의 나날에 자신들이 할 계획을 말끝마다 한마디씩 했다.

샤로쉬는 율리오 바기의 시에 곡을 붙인 노래 몇 곡을 아름다운 멜로디로 불렀다.

더 힘찬 후배의 손에 에스페란토 깃발을 물려주어야 하는 늙은 쿠라토프는 자신과 젊은 에스페란티스토 일행을 위해 이런 행사를 준비해 아름다운 날을 만들어 준 이곳 포로들에게 감동적인 말로 고마움을 전했다.

"인류 가족의 동지 여러분, 형제자매 여러분, 우리는 정말, 평화의 문화 사업으로써, 인간이 잔인한 행위를 못하도록 하는 데 우리의 힘을 바치겠다고 신성한 이름으로 맹세합니다. 자신의 능력과 재능에 따라 진정한 인류의 이해와, 평화로운 발전을 위해 모두 일합시다. 저는 초록색의 깃발 아래 최후의 순간까지 남아 있을 것입니다."

이 순간은 참석자들 모두에게 장엄한 감동을 불러일으켰다. 죽음의 얼굴을 한 번도 아니고 여러 번 보아야 했고, 여러 해 동안 어쩔 수 없이 고통받고 있는 그 많은 군인들의 일치된 대답 속에서 고통스럽지만 감미로운 느낌 — 온 인류에 대한 사랑 — 을 말하고 있었다.

"우리는 끝까지 충실할 것입니다! 우리는 해낼 것입니다! 우리 언어 에스페란토와 대스승 자멘호프 만세."

그리고 다시 한번 찬가가 울려 퍼지기 시작했다. 그런데 어떻게 된 걸까? 마음과 마음이 이어진 합창의 노래가 흘러나온 것이었다.

"아, 모두, 모두 정말 아름다워요. 정말이에요. 저는 더 이상 울음을 참을 수 없군요."

보가티레바 여사가 말했다.

"그리고 당신, 쿠라토프 씨, 당신은 어린애 같은 노인의 마음씨를 가졌어요."

"어, 어, 당신은 또 찬사를 보내 주시는군요."

"아니에요! 그것은 찬사가 아니라고요."

그 순간 과자를 담은 접시를 든 종업원 한 사람이 보가티레바 여사에게로 왔다.

"자, 부인, 드세요. 정말 맛있는 과자입니다. 장교 식당의 주방장이 만든 과자입니다."

"아, 정말 입맛이 당기는군요."

"보가티레바 여사는 항상 입맛도 있고, 제안도 있습

니다."

"정말, 이제 다시 생각나는데, 가능하다면 제안을 하나 하고 싶습니다. 여러분이 생활하시는 곳을 보여 주십시오. 저는 한 번도 수용소 안의 병영으로 들어가 보지 못했거든요. 단지 바깥에서만 보았을 뿐."

"음, 제가 뭐랬습니까? 이분은 언제나 제안을 잘합니다."

"기꺼이 그리고 아주 쉽게, 제안을 들어 드릴 수 있습니다. 카페 모임이 끝나면, 저희가 손님들에게 수용소의 내부를 보여 드리고, 가장 훌륭한 동지 한 사람이 지금 병환으로 누워 계시는 병원도 방문할 수 있도록 계획을 마련해 놓았습니다."

"중환자인가요?"

"사실대로 말하자면, 저희가 보기에 그가 고국으로 되돌아갈 희망은 거의 없답니다."

"오, 불쌍한 사람! 우리 모두 그를 만나러 가나요?"

"원하시는 분만. 그분은 정말 기뻐할 것입니다."

"저는 그분을 꼭 만나보고 싶은데요."

쿠라토프가 말했다.

"저도요."

보가티레바 여사가 거들었다.

오래지 않아 손님들이 일어섰다. 손님들은 만족한 모습으로 병영 내부를 둘러보려고 카페에서 나왔다. 부인들은 자신들이 본 것 때문에 슬펐지만, 나다이는 뜨쯔꼬예에서 체험했던 더러운 지하실 병영이 생각났다. 그곳에서 한 해 겨울을 지나면서 1만 9천 명 가운데 8천 명 이상이 죽었다. 더구나 그곳에서는 매장하지 않은 채 시체를 엄동설한의 수용소 바깥에 여러 달 방치해 두었다. 그는 여기서 포로들이 잘 지내도록 해 놓았고, 깨끗하게 되어 있는 것을 보았다. 정말로 일본인들은 자신들이 러시아 측으로부터 인수받은 포로들을 인간적으로 대하고 있었다.

병원 방문 시간은 짧았다. 환자는 아주 좋아했다. 그는 찾아온 모든 사람의 손을 세게 잡았다. 그는 자신이 고향으로 돌아가면 오직 에스페란토를 위해 일하겠다고 커다란 희망을 가지고 말했다. 왜냐하면 그것이 그 자신의 삶에서 가장 감동적인 시간을 만들어준 이 언어와 이 언어의 유능한 동지들에게 고마움을 표현하는 길이기 때문이었다. 그는 삶에 대해 실로 많은 이야기를 했지만, 그의 시선과 창백한 얼굴에는 벌써 가까이 다가온 마지막 전조가 보일 정도였다. 모두 그 환자에게 한마디씩 위로의 말을 하지만, 쿠라토프 씨만 말이 없었다. 그의 눈은 아주 먼 곳으로 향해 있었다. 그는 환자의 손을 세게 잡고 작별 인사를 하고는 급히 방을 빠져 나오고 말았다.

병원 앞에 두 대의 자동차가 손님들을 도시로 데려가기 위해 멈춰 있었다. 작별할 때는 처음의 도착 때보다 더 돈독한 우정이 생겼다. 보가티레바 여사는 그들을 니콜스크 우수리스크로 초대했다. 포로들은 고맙게 여겼지만, 그들은 방문할 마음이 없는 것처럼 보였다. 모두 한곳만 가고 싶었다. 아버지가 계시는 머나먼 조국의 집으로.

자동차들은 큰 일본 군함이 서 있는 항구의 해변에 멈추었다. 오바 대령은 모든 사람에게 "자신의 손님이 되어 주기"를 청했다. 모두 아주 좋아했다. 배는 흥미로웠다. 새로운 것이 아니라 러시아-일본 전쟁 때는 러시아 군함으로 싸웠지만, 일본군이 침몰시켰던 것을 전쟁 뒤에 일본인들이 다시 건져 올려 수리한 배이다.

대령의 선실에는 '사케'라고 부르는 술과, 음식들이 놓인 식탁이 기다리고 있었다. 해군 병사들이 식사 때 시중을 들고 있었다. 먼저 남자들에게, 나중에 여자들에게. 이는 일본식 예절이다.

즐거운 대화가 오간 뒤 작별하기에 앞서 오바 대령은 작은 장롱에서 상자를 끄집어내어 식탁 위에 올려놓았다.

"여러분."

그가 말했다.

"여러분은 에스페란토 배지가 없더군요. 여러분의 도시에서는 구입할 수도 없습니다. 모임을 위한 선물로 받아 주십시오. 이 상자에는 수십 개의 아름다운 초록별이 들어 있습니다."

"감사합니다, 대령님! 하지만 우리는 12명뿐입니다."

"괜찮아요! 이것도 나중엔 모자랄 것입니다. 여러분의 모임은 곧 커질 것이고, 새로운 많은 회원들을 확보하게 될 것입니다. … 보나고 씨가 제게 여러분의 아름다운 에스페란토 보급의 아침에 대해 말했습니다. 그 보급에는 돈이 있어야 됩니다. 보급 경비로, 이 조그만 성의를 받아 주십시오. 부유한 장교는 아니라서 더 많이 줄 수는 없지만, 이것을 기꺼이 내놓고 싶습니다."

쿠라토프 씨는 기부금을 받지 않으려 했으나, 보나고 씨가 용기를 북돋아 주었을 때, 그는 대령의 선의에 단체를 대표해 감사했다.

오바 대령은 이제 배를 떠나 동행해 줄 수 없었다. 그래서 플랫폼의 저녁 열차에서는 보나고 씨와 그의 공증인보 두 사람만 그들과 작별의 정을 나누었다. 공증인보는 손님들에게 큰 꾸러미를 건네주었다.

"우리 협회가 니콜스크 우수리스크의 새 협회에게 주는 선물입니다. 우리 도서관이 보유하고 있는 책 중에 같은 책자가 2권 이상인 책 35~40권과, 전 세계에서 보내온 각종 옛날 잡지입니다. 이것들은 에스페란토 보급에 아주 큰 도움이 될 것입니다."

열차가 출발했다. 두 초록색 깃발도 (하나는 플랫폼에서, 다른 하나는 열차 좌석의 창가에서) 서로 작별 인사를 했다. 기차는 달리고, 또 달렸다. 도시의 불빛조차도 이미 저 멀리에 있었다. 기차는 달렸다. 빨리 달렸다. 하지만 그 조그만 소풍에 참가한 이들은 마음속에 따뜻한 빛을 가지게 되었고, 이 빛으로 그들은 삶에 있어서 처음이자 아마 마지막이 될지도 모르는 고귀한 얼굴들과의 만남을 다시 떠올리고 있었다.

그다지 밝지 않은 좌석에서 마랴는 나다이의 손에 입을 맞추었다. 나다이는 이해할 수 없는 듯이 아주 당황스럽게 그녀를 쳐다본다.

"무슨 일입니까? 정말 나는…."

"저도 선생님의 선물에 감사하고 싶었어요."

"나는 아무것도 선물한 게 없고, 혹여 내가 선물을 주었다 하더라도…."

"아니에요. 선생님은 제게 많은 것을 선물해 주었어요. 선생님은 제게 이 언어를 가르쳐 주고, 이 언어의 정신을 깊이 느낄 수 있도록 하셨고, 제게 믿음을 주셨고…."

"그렇지만 마랴, 어린애같이 행동하지 말아요!"

"어린애라고요? 저도 이미 여자라고요. 저는 우리 모두가 갖고 있는 믿음을 가져야만 해요. 생각해 보세요. 선생님, 제가 네 명의 동생을 데리고 있다는 것을… 그 작은 네 명의 동생과 편찮으신 어머니를 생각해 보세요. 그리고 바다에 대해서… 우리를 영원히 이별하게 만들 바다를 생각해 보세요… 예… 영원히."

"오, 마랴…."

"말하지 마세요!… 저는 슬퍼하지 않아요. 우리는 똑같은 길을, 똑같은 느낌을 가지고 있어요 … 그리고 잊지 말아 주세요. 선생님의 … 선생님의 어리석은 여학생을요."

"그럼, 그럼요, 마랴! 결코 … ."

"절대로 … 잊지 … 않을 거예요 … ."

야간열차는 어둠 속으로 달리고 또 달렸다.

8

이치오팡의 동화

블라디보스토크 방문. 이 도시를 방문한 이야기가 자주 회원들의 입에 오르내리자 회원들의 의지는 더욱 단단해졌고, 열성도 더욱 커졌으며, 모임도 더 재미있고 즐거웠다. 실로 일요일 아침마다 한 단계 발전을 느낄 수 있었다. 회원들은 시를 낭송하고, 미담을 이야기하고, 연극 대사를 연습하기도 하고, 노래도 함께 불렀다. 나다이는 블라디보스토크에서 돌아올 때 악보 몇 개를 가져왔다. 이 신생 협회는 협회의 노래를 하나 마련했다.

"새로운 감동, 우리 모두 진심으로 인사하네."

일요 모임은 언제나 이치오팡의 환상에 새로운 영감을 불어넣어 주었다. 그는 즐겁게 잘 가르쳐 주는 이 모임이 마음에 쏙 들었다. 며칠 전 나다이는 같은 나라 사람인 칼로차이K. Kalocsay 박사가 헝가리어에서 번역한 에스페란토 시를 낭송했다. 그 시는 유명한 에스페란토 잡지에 실렸으며, 나다이가 그 잡지를 뻬르바야 르예츠까의 '에스페란티스토 카페'에서 찾아냈다. 이치오팡은 시에 대한 관심이 많았다. 나다이가 시와, 시의 규칙, 감정 표현의 다양한 방식, 그리고 벌써 대스승처럼 이 언어를 사용할 줄 아는, 시적 재능을 가진 새 인물에 대해 열성적으로 이야기할 때, 이치오팡은 정말 기분이 좋았다.

“언어란 인간의 감정을 음악적으로 표현하는 도구입니다.”

나다이가 말했다.

“언어의 완벽성은 언어의 사용자들이 가지고 있는 예술적 완벽성에 달려 있습니다. 우리말로도 모든 것을 표현할 수 있지만, 모두 똑같이 예술적으로, 음악적 도구로 사용할 줄 아는 것은 아닙니다. 에스페란토 날말들은 다른 언어와 마찬가지로 감정의 음악성이 있습니다. 왜냐하면 인간의 감정은 언어의 발전에 영양분이 되어 주기 때문입니다.”

이치오팡은 언제나 나다이의 가르침을 곧잘 기억해 두고 있었으며, 이를 실천해 보려고 노력했다.

“모든 것을 우리말로도 표현할 수 있다.”

‘정말일까? 감동을 불러일으키는 것, 생각을 해내는 것, 그림을 그리는 것, 다양한 소리를 모방하는 것까지도?’

이치오팡은 집 근처 극장에서 이루어지는 중국 배우들의 음악과 노랫소리를 들을 때, 그 점을 생각한다. 그는 배우들의 노래를 따라 부르면서 에스페란토로 노랫소리를 모방하는 낱말들을 찾는 일에 열심이었다. 이상한 중국 소리는 새 언어로 조금씩 형태를 갖추었다. 그 실험적인 놀이로 그는 즐거웠다.

페트로 콜루쉬는 중국인 가게 안의 탁자에 앉아 있지만, 자신의 젊은 친구에게는 관심이 없었다. 그는 순플로로에게 에스페란토를 가르치는 일을 즐거워하고 있었다. 그녀는 오빠가 가지고 있는 재능에는 따르지 못하지만, 그녀의 열성은 오빠보다 덜하지 않았다. '아미코'가 말할 때, 그녀는 주의 깊게 그의 말을 듣지만, 오늘 그녀는 장난스런 생각 때문에 주의가 산만했다. 아미코가 건어물 통 위에 앉아 있고, 그녀는 그 옆에 서 있었다. 그러한 두 사람의 키가 똑같다. 맞다. 똑같은 높이였다. 두 사람은 머리가 서로 아주 가까워져 있었다! 그녀는 내키지 않는 듯 웃었다.

"집중 안 할래요, 순플로로?"

"순플로로 집중한다."

"좋아요! 그럼, 다시 이 문장을 읽어요!"

"예 … ."

그녀는 한참 동안 읽을 문장을 눈으로, 손으로 찾지만 못 찾았다.

"몰라, 어디?"

"내가 뭐라고 했어요? 주의를 기울이지 않았어요."

"아미코, 화난다?"

"아냐, 나 화 안 냈어요… 그리고 저 불쌍한 소리 '로'R를 더 배워요. 오빠도 해냈다고요."

"아미코, 화-난-다."

"아미코는 화나지 않았어요."

그리고 콜루쉬는 너그럽게 웃음을 짓고, 그녀의 손을 잡았다. 아, 손이 너무 작았다. 그가 그녀의 두 손을 한 손에 다 숨길 수 있을 정도였다. 그는 이 소녀에게 멋지게 칭찬해 주고 싶었다. 그런데 그때, 뭔가 특별하고, 이상한 것이 그 멋진 칭찬의 말을 멈추게 만들었다. 순플로로의 손바닥은 아주 붉었다.

"이것이 무엇이지요?"

그가 묻는다.

"손바닥."

"알았어요. 하지만 손바닥이 왜 붉어요?"

"순플롤로 붉은 종이 만져 그렇다."

"그런데 순플로로, 왜 손바닥을 붉게 만들었어요?"

"순플롤로 극장가고 싶다. 우아한 중국 여자 손 붉게 물들인다. 그렇다."

"에이, 예쁜 손을 이렇게 추하게 만들다니! 바보같이!"

순플로로는 콜루쉬와, 손바닥을 번갈아 쳐다본다.

"아미코, 순플롤로 붉은 손바닥 싫다?"

"꼭 그렇지는 않지만, 그것은 중국 예의범절이니."

그는 솔직히 대답했다.

그들은 공부를 계속했지만, 순플로로의 관심을 더 붙잡아 둘 수는 없었다. 콜루쉬는 그녀를 곧 자유롭게 놓아 주었다. 그녀는 다른 방으로 물러갔다. 이치오팡은 아직도 창가에 서 있으며, 언제나 이상한 멜로디로 노래했다.

"이치오팡, 극장 가수가 되고 싶어?"

"잠깐만요! 폼프 폼프 폼프 친 친 폼프 아오 이오 이에 아오 시세 소시 … 기다려요, 곧 끝마칠게요. 아미코."

그러고 나서 그는 계속 노래했다.

"이해할 수 없군."

"괜찮아요! 곧 다 되어 가요."

그런데 그 '곧'은 15분이나 지난 뒤에야 끝나고, 이치오 팡은 탄성을 터뜨렸다.

"들어 봐요, 아미코!"

그는 자기가 만든 것을 보여 주었다. 그는 중국 멜로디에 따른 작품을 노래했다.

화려, 화려, 화려함과
깃털 같은 화려함이여
우리, 우리, 중국사람
남자 여자는
해 없이도 건강하네.
고운 달님의 달빛 아래서 …
중국 남자에겐 징 소리가 오래 유혹하네.
곡조는 징 소리로
그 소리는 오래, 오래 …
중국 여인은 중국 남자를 가둬 놓네.
술과 아편 담뱃대로.[1]

---

1. Pomp', pomp', pomp', / pluma pomp'; / ĉin', ĉin', ĉin' / kaj ĉinin' / sana sentas sin sen sun' / en la lula lum' de l' lun' …

"어때요, 맘에 들지요, 아미코?"

"음, 흥미로운 중국 노래이긴 하지만, 한마디도 이해할 수 없는걸."

"정말 이해할 수 없어요?"

그리고 이치오팡은 한참 활짝 웃었다.

"저는 에스페란토로 노래했는데요."

"그래?"

"예! 저는 중국어에서는 소리를 따오고 에스페란토에서는 음악을 모방했어요. 당신이 이해하지 못하는 것을 보니 우리 선생님이 하신 말씀이 맞군요. 우리말로도 모든 것을 할 수 있다고요. 중국어에 대한 환상을 당신에게 말해 주고 싶었어요."

바로 그때 순플로로가 되돌아와 말없이 콜로쉬 앞에 멈췄다. 그녀는 한참 그의 눈을 쳐다보고 나서, 조용히 그에게 손바닥을 내밀었다.

"아미코 마음에 들어?"

Lin gonglango longe logas, / ĉin' ĉininon al si vokas. / Ton' gonga, / son' longa ··· / Ĉinon ĉenas la ĉinin', / pip' opia kaj la ĝin'.

손바닥은 완전히 깨끗해져 있었다. 그녀는 손바닥의 붉은색을 다 지웠다. 콜로쉬는 이 작은 손이 지금 자신의 마음을 어루만지고 있는 것처럼 느꼈다.

"지금 이 아름다운 손에 뽀뽀해 주고 싶어요. 순플로로."

그가 말했다.

"이 손들은… 이 손들은… 에이, 나는 시인이 못 되는가 봐. 하지만, 이 손이 아주 예쁘다는 것을 말해주고 싶어요… . 그렇지만 순플로로도 중국 여자이고, 극장에서 다른 중국 여자들도 똑같이… ."

"나는 지금 그 사람들 생각 안 한다."

"그러나 그들을 생각해야 돼요."

"아미코 극장에 온다?"

"나는 당신 극장에서 하는 연극을 이해할 줄 몰라요. 가끔 나는 친구 나다이와 함께 그곳에 갔지요. 역시 아무것도 이해할 수 없었어요."

"아미코, 극장에 와! 내가 그 배우들의 연극 뜻을 설명해 준다."

지금까지 옆에 서서 아미코와 제 누이를 쳐다보고 있

던 이치오팡은 순플로로의 요청에 갑자기 힘을 실어주었다.

"아미코, 와요! 우리 연극 이해하도록 제가 연극 내용을 지금 이야기해 줄게요."

"와! 순플로로 아미코 오는 것 바란다."

그녀는 콜루쉬의 가슴에 살며시 손을 대어 보았다.

"그럼 좋아요. 하지만 그 내용이 … ."

"제가 곧 설명해 드릴게요. 둘 다 앉아요! 우리에겐 시간이 있어요."

콜루쉬는 통 위에 앉았다. 순플로로는 탁자 위에 앉았다. 이치오팡은 작은 의자 위에 앉았다. 그는 오랫동안 생각하다가, 때때로 두 사람을 쳐다보았다.

"아미코, 먼저 알아 둘 것은 우리 연극은 100막 이상으로 구성되어 있어요. 몇 주 동안 공연이 이어져요. 오늘 저녁은 무슨 내용이 될지 모르지만, 연극의 동화를 말해 주면 되겠군요. 유럽 사람들은 우리 예술을 잘 이해하지 못해요. 왜냐하면 이것이 상징들로 가득 차 있기 때문이지요. 자, 들어보십시오!

◆◇

몇백 년 전에 어떤 공주가 살았어요. 동화 속의 공주는 언제나 매우 아름답지요. 하지만 우리 공주는 아름다운 부류에 속하지 못했어요. 우리 공주는 불구자는 아니지만, 아주 가난한 농가에서도 공주보다 수백 배 더 아름다운 소녀를 찾아볼 수 있었지요. 하지만 공주는 이 사실을 몰랐어요. 그녀의 머리카락은 검지도 않고, 그렇다고 갈색도 아니고 태양처럼 빛나는 금발이었지요. 공주의 머리를 빗겨 주던 시녀는 자기 동료들에게 공주님의 머리카락은 아마亞麻같이, 아주 날카로워 손이 베일 정도라고 말했지요. 시녀의 손가락은 아주 섬세하였지요.

공주의 눈은 둥글고 바다 색깔이었어요. 그런 이상한 눈은 중국 공주에게는 전혀 맞지 않아요. 공주의 코는 너무 뾰족하여, 입은 너무 크고, 뺨은 너무 붉고, 살갗은 너무 장밋빛이라 공주에게서 중국 미인의 모습을 찾기란 힘들었지요. 어쨌든, 때때로 아버지의 궁전으로 찾아오는 중국 왕자들의 취향에는 공주가 맞지 않았어요.

나이 많은 왕이기도 한 아버지는 아주 슬펐어요. 왕은 왜 신께서 자신에게 이렇게 심한 벌을 주는지 이해할 수 없었어요. 그는 항상 신심이 돈독한 사람이었거든요.

이전의 군주들보다 백성들로부터 더 많이 빼앗지도 않았으며, 더 많은 신하들을 죽이지도 않았는데도… 물론, 신들은 왕에게 화를 내고 있었어요. 하지만 왕도 신들에게 화를 내게 되었지요. 왕은 변덕스런 신들의 잘못된 생각을 고쳐 주기로 결심했지요.

그는 나라 안의 가장 유명한 요술쟁이들을 불러 모았고, 무엇이든지 더욱 아름답게 만드는 기술을 가진, 먼 나라에서 온 가장 훌륭한 예술가들도 영접했지요. 신하들과 함께 왕은 밤낮으로 옛 시대의 두꺼운 책들을 읽으며 방법을 찾아 나갔지요. 요술쟁이들과 예술가들이 와서 실험했지만, 그들이 자신의 능력으로는 안 되겠다고 고백했어요. 신하들과 현인들은 옛 시대 속에는 공주의 문제와 비슷한 점이 하나도 없다는 것을 확인해 주었지요.

그렇지만 공주는 여전히 자신의 추한 모습에 대해 알지 못하고 있었지요. 오히려 정반대였어요! 공주는 자신의 특이한 아름다움에 대해 자신만만해 있었어요. 물론, 왕이 신하들에게 이것을 말하지 못하도록 해 놓았기 때문이지요. 그 왕은 공주의 면전에서 예의상 거짓말하는 것을 잊고 있는 사람은 당장 목을 베겠다고 명령을 내려놓았지요. 모든 사람들은 죽음이라는 위험이 항상 있다는 것을 기억하기 위해 혀 밑에 재갈을 물고 있었어요.

공주는 아침부터 저녁까지 자신의 모습을 은빛 거울이나, 정원의 잔잔한 작은 호수에 비추어 보며, 새들이 자기 때문에 노래 부르고, 태양도 그녀를 보고 더 즐겁게 빛난다고 생각했지요. 공주는 행복할 뿐이었어요. 공주의 아버지가 신들을 몰래 저주하고 있는 동안, 공주는 신들의 호의에 감사하고 있었지요. 왕자들이 다녀가면서 모두 아름다운 칭찬의 말을 늘어놓았지만, 아무도 공주와 결혼하겠다고 말하는 이가 없다는 것을 그 공주는 이해할 수 없었지요.

'그들에게 용기를 불러일으키기에는 너무 아름다운가 봐.' 그렇게 생각했지만, 해를 거듭할수록 공주는 자신의 아름다움을 증오하기 시작했지요. 나이 많은 왕은 신들과 싸우는 것이 불가능하다는 것을 알아차렸어요. 왕은 자신의 외동딸의 운명을 슬프게 생각했지요.

결국 공주는 배로 여행을 떠나게 되었어요. 외국을 방문하기 위해서인지, 자신의 아름다움으로 남편감을 구하기 위해서인지 아무도 몰랐어요. 배가 조국을 떠나 먼 나라의 어느 도시에 정박했을 때, 신하들과 함께 산책을 나갔어요.

길 가던 사람들은 멈춰 서서 공주를 바라보며 고개를 끄덕였어요. 곧 소문이 퍼졌어요. 가장 못생긴 중국 공주가 이 나라에 들어왔다고. 공주가 산책을 오래 하면 할수록 더 많은 사람들이 그녀를 뒤따라 다녔어요. 공주는 아주 행복했고 자신만만해 있었어요.

"보라, 나의 아름다움이 선망의 대상이 된걸."

그녀는 시녀에게 말했지요.

'그들에게 용기를 불러일으키기에는 아마 내가 너무 아름다운가 봐.'

그렇게 생각했지만,

"예, 공주님의 특별한 아름다움 때문에."

시녀는 칭찬하면서도 공주의 어리석음을 몰래 비웃었지요. 그러던 차에 길에 나와 있던 사람들 사이에 작고 깜찍한 소년이 서 있었어요. 소년은 어린애의 호기심을 자극하는 공주에게 여전히 시선을 두고 있었어요. 그 점이 공주의 마음에 들었지요. 미소를 띠고서 공주는 소년에게로 다가갔어요.

"얘야, 왜 그렇게 나를 쳐다보니?"

"왜냐하면, 공주님은요 … 정말 못생겼어요!"

어린아이의 솔직함에 공주의 신하들은 얼굴이 새파랗게 질렸고, 공주는 갑자기 울음을 터뜨리며 자기의 군대를 이끄는 한 군인에게 명령을 내렸어요.

"이 소년은 무엄하게도 거짓말을 하는구나. 그의 목을 베라!"

곧, 군인은 자신의 긴 칼을 빼어 들었지만, 공주를 수행하던 한 늙은 신하가 그의 손을 멈추게 했지요.

"멈추게 하세요! 공주마마, 우리는 지금 남의 나라에 와 있습니다. 여기서는 공주님의 아버님이 아니라, 이 나라 왕께서 사람을 죽일 권리를 갖고 있습니다."

"그럼 좋아요! 우리가 그 왕에게로 갑시다. 하지만 저 거짓말쟁이의 머리는 제가 가질 것입니다."

"그곳으로 가시기보단 배로 돌아가시는 것이 현명할 것입니다."

"나는 가고 싶다고, 갈 거라고."

공주는 소리치고, 화를 내면서 출발했지요.

어떻게 되었을까요? 그녀가 공주니까 신하들은 공주에게 복종해야 했어요. 신하는 공주가 화난 이유를 도무지 모르는 소년도 데리고 갔지요. 많은 군중이 그들 뒤를 따랐어요.

그 나라 왕은 높은 지위의 여자 손님에게 어울리는 예의로 공주를 영접하고, 공주의 바람을 물었어요.

"폐하, 귀국의 백성들 가운데 한 사람이 나를 모욕했어요. 저는 그자의 머리를 원합니다."

"누가 공주의 마음을 상하게 했소?"

"이 무엄한 소년입니다."

"소년이 무엇을 했단 말이오?"

"거짓말을 했어요. 내가 정말로 못생겼다고 말했어요."

왕은 늙었지만 마음씨 곱고, 아주 현명했지요. 백성들은 왕을 사랑했으며, 기꺼이 왕을 위해 봉사했지요. 왕은 소년의 머리 위에 자기 손을 얹고, 울근불근 화나 있는 공주의 눈에 시선을 주었지요.

"보시오, 공주, 소년이 얼마나 아름답고 현명한 머리를 가졌는지를!"

"상관없습니다. 소년은 거짓말을 했으며, 나를 화나게 만들었어요. 나는 그의 머리를 원합니다."

왕은 한참 생각하고 나서 훈계하듯이 대답했지요.

"공주, 어린이의 입은 언제나 진실을 말한다는 것을 모르시오?"

또 다른 모욕에 공주는 얼굴빛이 몹시 붉어졌어요. 공주는 소리 지르고 뭔가를 때리고 싶기도 했지만 시녀들의 행동을 흉내 내지 않는 진짜 공주이기에, 공주는 자신만만하게 고개를 들었지요.

"이제 저는 제 아버지에게로 되돌아가겠어요. 그리고 아버지께서 폐하께 진실이 무엇인지 가르쳐 줄 것입니다. 전쟁이 일어날 것입니다. 나는 한 사람이 아닌 여러 사람의 머리를 바랍니다. 폐하의 머리까지도!"

나이 많은 왕이 여유 있게 미소를 지으면서, 아버지처럼 그 공주를 쳐다보았지요.

"공주, 나는 공주가 못생겼다고 말하지 않았소. 아름다움이란 취향과 습관의 일이오. 그러나 나는 공주가 이 세상에서 감사할 줄 모르는 사람이라는 것을 말하고자 하오. 그렇지요! 세상은 거짓말로 공주의 삶을 더 달콤하게 했고, 진실이 사람들에게 주는 고통을 사라지게 만들었소. 공주는 미녀들 가운데 가장 아름다울 수도 있지만, 마음은 아름답지 못하군요. 공주의 아버지께서 거짓말 때문에 전쟁을 일으키리라고는 생각하지 않지만 그래도 전쟁을 일으킨다면, 전쟁이 일어나겠지요! 우리는 저 아이가 말한 진실을 위해 싸울 것이오."

그 자신만만했던 공주는 말없이 신하들을 이끌고 배로 되돌아와, 고국으로 향했지요. 공주의 아버지는 그 사건을 전해 듣고는 크게 화를 내었어요. 왕은 자신의 큰 칼을 집어, 단번에 탁자를 잘라버렸어요. 마치 탁자가 이웃 나라 왕의 몸뚱이라도 되는 듯이. 어떻게 되었을까요? 싸우자! 병사들은 무장하고, 신하들이 두 적대국의 궁전을 왔다 갔다 했지요.

한편, 공주는 그럼에도 그 모습을 드러내지 않았어요. 그녀는 밤에도, 낮에도 울고만 있었어요. 공주는 일주일이나 대성통곡하고 난 뒤에야 비로소 이웃 나라 왕이 했던 말을 이해했어요.

"공주는 선의의 거짓말로 공주의 삶을 달콤하게 만든 세상에 대해 감사할 줄 모르는군요."

공주가 그렇게 자신을 이해하자 자신이 변덕스럽게 화를 낸 것이 부끄러웠어요.

병사들이 전장에 나가려고 준비를 마친 마지막 순간에, 공주는 아버지에게 달려갔지요.

"아버지, 뭘 하려고 하십니까?"

그녀는 큰 소리로 물었지요. 모두 그녀의 말을 들을 수 있었어요.

"전쟁을 한다고요? 그렇게 하지 마십시오. 출병을 멈추어 주십시오! 신께서 아버지께서 가지신 병장기들에게 도움을 주지 않을 것입니다. 왜냐하면, 아버지께서는 거짓말을 위해서 싸우려고 하니까요. 아버지의 저를 향한 맹목적 사랑 때문에 저도 오랫동안 장님이 되어 버렸어요. 그러나 저는 이제 볼 수 있습니다. 그러고… 저는 이제 더 이상 거짓말 속에서 살고 싶지 않습니다. 저는 신들께서 바람대로 만들어진 그대로입니다. 신들께서는 왜 그렇게 하셨는지 아실까요?!"

공주의 말은 신하, 병사, 백성들의 마음에 들었으나, 왕 자신에게는 마음에 들지 않았어요. 하지만 공주는 그렇게 여러 번, 또 감동적으로 아버지에게 요청해서 결국 아버지가 딸의 말을 듣고서 양보하고 전쟁을 포기했어요. 병사들은 "만세!"를 외쳤으며, 신하들은 공주를 그들이 본 이 세상의 가장 현명한 여인이라고 생각했으며, 백성들은 공주가 그렇게 용기 있게 말할 때는 정말 아름다운 것 같다고 말했지요.

일주일이 지났어요. 그 외국의 왕은 적과 싸울 준비를 한 채 헛되이 기다리고 있었어요. 왕이 헛되이 기다린 이유를 알게 되었을 때 많은 것을 생각했지요. 왕은 하루를 생각하고, 이틀간 생각하고, 일주일을 보내고서 자신의 아들인 젊은 왕자에게 말했지요.

"가서 그 공주와 결혼해 보겠는가?"

"하지만 그 공주는 중국인이라고 할 수 없을 정도로 못생겼지 않습니까?"

"네 말이 맞을지도 몰라. 그녀는 진정한 중국 여자가 아닐지도. 얘야, 내가 말하고자 하는 것을 들어 보렴. 그 공주는 예뻐질 거야. 정말 예뻐질 것이야. 두고 보면 알 거야."

왕자는 효성이 지극한 아들이었어요. 그는 유능한 신하들을 이끌고 그 공주의 아버지에게로 갔어요! 그 왕은 그 왕자의 바람을 듣고서 정말 기뻐했으며 정말 화해했습니다. 그러나 공주는 동의하지 않았지요.

"왕자님, 저는 당신을 이해할 수 없어요. 당신은 100명의 아름다운 미인 가운데서 배필을 선택할 수도 있을 텐데요. 왜 제게 왔나요? 만약 당신의 현명하신 아버지의 바람에 복종하기 위해 왔다면, 곧 조용히 돌아가 주십시오. 저는 당신을 불행하게 하고 싶지 않아요. 신의 변덕 때문에 못생긴 채로 태어난 저를 동정하는 사람하고만 저는 결혼할 겁니다."

공주가 그렇게 말했을 때, 왕자는 공주가 처음보다 더 아름답다는 것을 알게 되었으며, 공주의 말이 왕자의 동정심을 불러일으켰지요.

"나는 내 뜻에 따라 선택할 것이오."

왕자는 현명하게 말했지요.

"허락해 주시오! 우리 결혼합시다!"

그리고 여러 해가 지났지요. 젊은 왕자는 그 나라의 왕이 되었으며, 공주는 어린 왕자와 공주를 둔 어머니가 되었어요. 그들은 행복하게 살았지요. 한번은 왕이 아버지에 대해 회상하면서, 아내에게 말했지요.

"아, 아버지는 언제나 진실을 말씀하시는 아주 현명한 분이었소."

"아버님이 뭐라고 하셨어요?"

"당신이 더 아름다워진다고 했소. 자, 보시오! 신들이 나의 아내이자 내 아이들의 어머니인 당신보다 더 아름다운 공주를 결코 만들지 못했다고 내가 장담할 수 있소."

공주는 행복하게 미소를 지었지요.

"정말 그렇게 생각하세요?"

"그렇게 생각하지 않고 느끼고 있소. 당신은 이 세상에서 가장 아름답구려."

◆◇

"자, 이것이 그 못생긴 공주에 얽힌 동화입니다. 그리고… 동시에 우리 극장의 동화이지요."

이치오팡은 그 이야기를 끝마친다.

"아주 재미있는 동화로군."

이렇게 말하면서 콜루쉬는 머리를 끄덕였다.

"예, 흥미롭다… 아주… 아주."

순플로로는 왠지 모르게 아주 작은 목소리로 말했다.

◆◇

연극 공연이 끝난 뒤 오누이는 쉬고 있었다. 사실은 이치오팡만 편안히 누워 있었다. 순플로로는 자기가 이해하지 못하는 것에 대해 생각하고 있었다. 진작 그것을 오빠에게 물어보고 싶었지만, 그녀에게는 기회도 없었고, 용기도 없었다. 지금 어두움이 그녀에게 용기를 주고, 기회도 적당했다.

"이치오 오빠, 왜 거짓말했어?"

"거짓말? 언제?"

"오늘 저녁에 오빠는 동화를 이야기했는데, 그 동화는 연극 내용이 아니었잖아."

좀 시간이 지난 뒤 이치오팡이 대답했다.

"아무도 인생의 길에 대해서 몰라. 아마 언젠가 네가 그 못생긴 공주가 될 수 있을 거라고 나는 생각했어."

"내가? 모르겠는데."

"외모의 아름다움은 취향과 습관의 일이야. 여기, 너와 비슷한 수천 명의 소녀가 살고 있고, 그 취향과 습관에 따르면 너는 아름다워. 그러나 한편으로 내가 전혀 다른 수천 명의 사람들 속에 있다고 생각해 봐. 그런 사람들의 취향과 관습은 너를 못생겼다고 할 수도 있거든. 그러나 내면에 들어 있는 아름다움은 언제나 생생하게 살아 있지."

시간이 잠시 흐른 뒤, 순플로로가 오빠에게 다시 말을 건넨다.

"왜 그런 이야기를 나에게 해 주었는지 모르겠어."

"내가 벌써 말했지. 아마 너는 그 못난 공주가 될 것이고, 네가 그 왕자의 마음을 사로잡으려면, 너는 네 안에 들어 있는 아름다움을 보여 주어야 돼."

조금 시간이 흐른 뒤에 순플로로가 말했다.

"아미코에 대해 말했다면, 오빠가 틀렸어. 그는 한 번도 그런 이야기를 하지 않았는걸. 그는 나를 그다지 사랑하지 않아, 그다지 … ."

"그러면, 순플로로, 네가 사랑한다고 말했니?"

"무슨 소리야?"

"봐, 그나 너나 그 감정에 대해 이야기하지 않았지만 너희 두 사람이 침묵하고 있는 그 감정을 다른 사람은 볼 수 있어."

"오빠는 내가 진정한 중국 여자라는 것을 잊었군."

그녀는 힘주어 반박했다.

"내가 아니고, 너 스스로 그 점을 잊고 있어."

"내가? 무엇으로?"

"아미코의 한마디에 넌 네 손바닥의 붉은 색깔을 지워버렸잖아. 너는 중국의 관습을 부끄러워하고 있어. 왜냐하면 중국의 관습이 그의 취향에 맞지 않기 때문이지."

"그런 하찮은 일을 가지고 뭐."

순플로로는 그렇게 말하지만, 오빠 말이 맞다고 느꼈다.

"그 일은 아무것도 아니야."

"우리 아버지는 아주 현명한 분이야. 때로는 나에게 말씀하셨지. '얘야, 한 사람의 행복이나 불행은 하찮은 일로 시작된단다.' "

9

마랴의 일기장

1919년 성탄절 저녁

하얗다. 하얗다. 모든 것이 하얗다. 온 천지에, 건물마다, 거리마다, 골목마다, 그리고 사람들의 마음마다 하얀 평화의 느낌이 있다. 내 마음속에서만 불꽃같이 붉은 반항과 울음이 생긴다. 어제는 나에게도 모든 것이 평화롭고 고요했다. 오늘 나는 삶과 운명에 대해 벌써 반항하고 있으며, 내일이라는 날 때문에 생기는 눈물이 나의 마음을 괴롭힌다. 그 내일이 언제 올지, 정말 내일일지, 한 달 뒤가 될지, 일 년 뒤가 될지, 똑같아, 똑같아! 그 내일이 벌써 내 문 앞에 서 있다고 느껴진다.

어제 … 아, 그 어제는 아름다웠으며, 그 저녁은 더욱 아름답기만 했다. 어제 그가 우리를 찾아왔다. 내가 '우리'라고 말하는 것은 그가 편찮으신 어머니를 뵈러 왔기 때문이다. 그는 포로수용소에 있는 가장 훌륭한 의사인, 그의 친구와 함께 왔다. 그 의사는 오랫동안 방에 남아 있었다. 심장병과 신경쇠약이라고 의사는 말했다. 심장병! 물론 다섯 아이의 어머니가 그 병 말고 다른 병을 가질 수 있겠는가? 심장병과 신경통 말고. 하느님, 저희를 도와주십시오! 의사 선생님이 처방전을 써 주고 어머니를 좀 쉬고 푹 주무시도록 해서, 걱정을 끼쳐드려서는 안 된다는 말씀을 하고 가셨다 … 걱정을 끼치지 말아야 한다니! 다섯 아이를 둔 가난한 어머니가 걱정을 안 할 수가 있겠는가! 아버지는 멀리 가 계신다. 올해 아버지는 아직 집에 돌아오지도 못하셨다. 아버지는 돈과, 짧은 편지를 보내 주셨다. 이것이 전부다! 하느님, 저희를 도와주소서! 어떻게 할까? 무엇을 할까?

의사 선생님이 우리 옆에 있을 때는, 울음을 참을 수도 있었으나, 그 뒤에는 … 아, 나는 얼마나 울었던가! … 그러고 나서 그는 나에게 와서, 내 옆에 앉아, 자신의 손으로 내 눈물을 쓰다듬듯 닦아 주고, 따뜻한 눈길과 목소리로 내 마음속의 아픔을 가시게 했다. 나는 그에게서 우정 이상의 무엇을 느낄 수 있다. 그는 아주, 아주 진지하다. 그의 손길은 마치 아버지가 내 머리에 손을 얹고 있는 것처럼 느껴진다. 아버지는 말씀하셨다.

"얘야, 머리와 마음을 언제나 높이 두어라. 삶이란 어린애 장난이 아니란다. 그러나 정직하고도 가난한 사람들은 삶에서 양심의 가책을 느낄 필요가 없단다."

그래, 그의 손이 다가오면 아버지 생각이 나지만, 그의 시선에는 뭔가 아픔이, 뭔가 설명할 수 없는 것이 있어. 나는 그의 눈에서 애절한 사랑을 볼 수 있어.

그는 나를 사랑한다 … 그는 나를 사랑한다 … 나는 안다. 그리고 난? … 아, 나는 이 비밀 일기장에조차도 내가 가지고 있는 감정을 묘사할 용기가 없구나.

그는 뭔가 비밀스러운 아픔이 있어, 다만 그는 말을 않고 있을 뿐. 나는 그것을 알고 있어. 왜 그의 입술이 가만히 있고, 왜 그는 자신의 감정을 말하지 않는지. 그는 말로 표현할 수 없을 정도로 나를 사랑하고 있어. 그는 내가 헛된 희망을 가질 정도로 나를 너무 사랑하고 있어. 아, 어떻게 그에게 말할까? 사랑하는, 사랑하는 사람, 난 알고 있어요. 그리고 난 아무것도 바라지 않아요. 그럼요, 아무것도. 나의 마음은 지금 당신의 사랑이 진실함을 느낄 수 있도록 날 사랑하는 그 감정만을 바랄 뿐.

우리가 오랫동안 무엇을 이야기했는지 나는 기억이 나지 않는다. 내가 아는 것이라고는 갑자기 내 주위의 모든 것이 새로운 색깔과 새로운 의미를 가졌다는 것밖에 없다. 그의 위로는 내 마음속에 다가오고, 나는 모임 장소로 갈 때마다 언제나 행복하게 미소 짓고 웃음을 보이기도 했다. 우리는 어린아이처럼 놀았다. 우리는 소복이 쌓인 깨끗한 눈 위에서 춤도 추었지. 우리는 달렸지. 눈뭉치로 놀며 싸웠지. 그리고 우리는 노래 부르고, 춤추고, 이야기도 나누었지. 나에게 병든 어머니와 동생 넷이 있다는 것도 잊고서. 아, 하느님, 제가 그만큼 즐기며 행복하였다는 것 때문에 저를 벌하지 마십시오!

우리가 모임에 도착했을 때, 벌써 모든 것은 준비되어 있었다. 긴 의자는 모두 벽에 밀어 붙여 놓아, 좀 더 자유롭게 쓸 수 있는 공간을 마련해 놓았다. 교실에는 크리스마스 날을 기념하는 나무가 천장까지 닿아 있었다. 아름다운 전나무! 라트비아 사람인 야니스 레코가 먼 숲에서 찾아내 도끼로 잘라 교실에 가지고 온 나무이다. 미국 군인 페트로 콜루쉬는 비스켓과 잼을 가져왔으며, 쿠라토프 씨와 보가티레바 여사는 전나무를 크리스마스에 어울리도록 장식하느라 애썼다. 스미르노바 양은 과자를 가져왔다. 트카체바 양은 자신의 삼촌인 러시아군 대령과 함께 오고, 부하 한 사람이 그들을 뒤따라 꾸러미를 들고 왔다. 그 안에는 여러 가지 음식과, 술 몇 병, 과일 주스 여러 병이 있었다.

나도 선물을 가져갔다. 초록별이 그려져 있고 "에스페란토로 문화를"이라는 글귀가 새겨진 비단 깃발을 만들어 가져갔다. 그 표현은 그가 말했던 것이었다. 깃발 재료는 체코 사람인 파벨 부딘카와 루마니아 사람인 아드리안 베라리유 두 사람이 샀다. 나는 그 재료에 밤새 노력을 더했을 뿐이지만, 바늘 한 뜸 한 뜸에 아름다운 평화의 감정, 선의의 기원만은 부족하지 않았다. 오, 하느님, 저 깃발이 이제는 더 이상 인간의 피로 더럽혀지지 않도록 해 주십시오.

스무 살의 이반 아베르키에프가 아름다운 잡지를 넣어두는 상자인 잡지꽂이를 만들어 왔다. 독일 사람 에른스트 마이어는 도서실에 두 권의 책을 기증했다. 한 권은 센티스Sentis의 『새 느낌』*Nova Sento*이었다. 그는 이걸 오스트레일리아로부터 받았단다. 이 책은 전쟁의 와중임에도 불구하고 벌써 나왔다. 파울로, 그는 우리 모임의 잡지 『우리는 승리하리라!』*Ni Venkos*를 크리스마스 호로 아름답게 편집하여 만들어 냈다. 이 잡지는 아주 아름다웠다. 그의 친구 가운데 한 사람이 아름다운 글씨체로 본문을 써 주었으며, 포로수용소의 미술 하는 친구들이 잡지에 그림을 그려 주었다.

그러나 가장 흥미롭고 진귀한 선물은 이치오팡과 그의 누이 순플로로가 가져왔다. 나는 이 중국 소년이 어디에서 그런 생각을 해냈는지 잘 모른다. 콜루쉬로부터일까? 그건 아닐 것이다. 콜루쉬는 그런 꿈을 갖고 있지도 않고, 그 진귀한 선물이 보여 주는 그러한 섬세한 성격을 갖고 있지도 않다.

이는 나무로 만든 큰 붉은 빛깔의 심장 모형으로, 탁자 위에 세우기 위해 특별한 버팀대가 필요했다. 심장 모형 위에 심지로 불을 붙일 수 있도록 오각형의 초록별이 서 있었다. 그 큰 심장 모형 위에는 사람이 열어 볼 수 있는 작은 문이 달려 있다. 그리고… 그리고, 그 진귀한 것의 안쪽에는 목동들과 어린 양들이 있는 베들레헴의 마구간이 있고, 그 가운데 짚 위의 작은 구유에는 하느님의 아들 형상이 놓여 있었다.

이 모든 것이 우리의 상상력을 넘어섰다. 그는 성부와 성모를 구유 곁에 놓아두는 것을 빠뜨렸다. 심장 모형의 뒷부분에는 다음과 같은 서명이 있다.

"그리스도의 형제자매에게, 중국인 이치오팡과 누이

순플로로가."

우리가 전나무 위에 있는 초에 불을 밝혔을 때, 모두 심장 모형만 바라다보고 있었다. 아, 초록별의 심장 모형은 따로 떨어져 빛났지만, 눈물을 참을 수 없을 정도로 그렇게 조화를 이루었다. 이치오팡은 그 선물로 우리 모두를 압도했다. 이는 아주 축복되고, 아주 멋지고, 아주 안성맞춤이다!

그래, 안성맞춤이야. 왜냐하면 방 안의 사람들은 다양한 국적을 가졌을 뿐만 아니라, 다양한 종교를 가지고 있었다. 로마 가톨릭, 러시아 가톨릭. 러시아 가톨릭은 13일 뒤에 크리스마스를 맞이한다. 여기에 참석한 포로들 가운데 프로테스탄트나, 유대교인도 있었다. 그리고 유교를 믿는 사람도 둘. 잊을 수 없는 정말 평화로운 크리스마스의 저녁. 장엄한 의식 뒤에 파울로와 쿠라토프가 연설했다. 파울로는 다시 한번 우리와 보가티레바 여사를 아주 감동시켰다. 이치오팡은 자신이 지은 새 시를 낭송했다. 마지막 구절만 나는 기억하고 있다.

중국 사람, 유대인과 기독교인,

러시아인, 폴란드인과 독일 사람은
이 전나무 아래 지금 똑같아.
촛불이 이 나무를 장식하듯
인간 형제자매의 화합이라는
새로운 느낌은 우리 속에 빛나리.
증오와 위협은 사라져라.
언제 어디서나 필요한 것은 — 우리의 평화![1]

아, 아름다운, 정말 아름다운 저녁이었다! 아, 당신, 형체 없는 신비여, 인류에게 이젠 희망을 주소서!

어제는 지나갔다. 오늘 우리 도시에서는 다가올 봄에 포로들을 자기 고향으로 송환하기 위한 배가 온다는 소식이 있다. 봄에 … 벌써 봄에! 아, 겨울이 결코 가지 않았으면! 나의 봄은 지금인데, 나무들이 눈으로 덮인 잎을 가질 때, 유리창에 얼음으로 된 꽃동산이 자랑스럽게 필 때, 두 슬픈 눈동자에서부터 나에게 오월의 햇살이 비추

---

1. Ĉino, judo kaj kristano, / ruso, polo kaj germano / nun egalas ĉe l' abio. / Kandellumo ĝin ornamas, / Nova Sento en ni flamas: / la homfrata harmonio. / Mortu la malam', minaco, / Vivu ĉie nia — paco!

고 있을 때인 지금, 겨울은 절대 가지 말게 하소서!… 하느님, 이 이기주의자의 생각을 벌하지 마세요! 나는 그 사람을 사랑해요, 나는 그 사람을 사랑해요!

1920년, 잔인한 날…

밤에 일어난 일을 어떻게 써 내려갈까? 나의 몸은 떨고 있다. 눈물은 나의 마음으로 흐른다. 우리 모두 함께 새 강습생들의 발전에 대해 즐겁게 얘기하면서 기뻐했던, 어제저녁에만 해도 아무도 오늘 아침에 아픔과 슬픔이 찾아오리라고는 상상할 수 없었다.

내가 사무실에서 기분 좋게 일하던 어제 낮만 하더라도 매일의 빵을 구하기 위해 내가 일했던 직장을 오늘 폐허가 된 채로 바라보리라고는 생각도 못 했다. 저녁이면 큰 교실(우리가 배우던 곳이 아닌)에 70명 이상이 모였는데, 지금 우리는 그들 가운데 누구를, 그리고 언제 다시 만날지 모른다.

아, 뭐라고 표현해야 할까? 정치… 정치, 사람들이 말한다. 그래, 정치, 그러나 어떤 정치? 정치라는 것이 폭격기를 우리의 집 주위로 돌아다니게 했으며, 손에는 총을 들게 하고, 우리의 지붕 위로 폭탄을 내던지고, 정치에 대해 알지도 못하는 무장하지 않은 수백 명을 죽이고 파멸로 몰아넣었다.

"그건 벌써 지나갔어. 울지 마라, 얘야."

어머니께서 말씀하신다. 어머니, 어머니는 만사를 운명에 맡겼다. 폭격기는 지나갔어요, 지나갔지요, 하지만 한 번, 두 번, 열 번, 백 번도 되돌아올 수도 있어요! 폭격기는 벌써 지나갔지만, 왜 그런 일이 일어났는가? 아무도 모른다. 사람들이 아는 것이라고는, 밤중에 일본군이 러시아 병영을 폭격했고, 군인들은 피해 멀리 뛰어 달아났으며, 뛰어 달아난 군인들 가운데 수백 명이 옆 산의 비탈에서 죽은 채로 발견되었고, 폭격에 맞은 집들이 파괴되었다는 것뿐이었다. 포탄이 여러 병원 위로 떨어지는 바람에 그곳의 환자들과 간호사들도 사망하거나 부상을 입었다. 오늘 아침 거의 모든 주요 건물에는 일장기가 걸려 있었다. 사람들이 이런 정치에서 아는 것이라곤 이것이 전부다.

그리고 사람에게 무슨 일이 일어났을까? 러시아 군인들은 포로수용소를 통과해서 산 쪽으로 피신했다고 들었다. 일본군 총알은 조용히 쉬고 있던 많은 포로들도 맞혔다. 사망자들이 나오기도 했다. 그 사람에게 아무 일도 없을까? 하느님, 저를 용서해 주세요! 저는 생각하고 싶지 않아요. 아무 생각도 안 하기를 바랄 뿐!

◆◇

우리에게 방금 콜루쉬가 왔다. 그의 얼굴은 백지장처럼 창백하다. 잔인해, 잔인해! 무슨 일이 있었는가? 나의 심장 박동이 잠시 나를 숨 막히게 하고 목구멍까지 차올라오는 것을 느꼈다. 무슨 일이 있었을까?

갑자기 크고 힘센 남자가 울었다. 그의 말은 떨리며 입술에서 나왔다.

"폭격이 있었어요 … . 중국인 거주 지역에도 … 몇몇 집들이 다 부서졌고 … 부서졌어요 … . 오, 왜? … 그래 … 이치오팡 … 우리의 착한 이치오 … 그가."

"그가 죽었나요?"

나의 말이 소리치듯 애통해하는 것을 느꼈다.

"아니! 죽진 않았어요 … . 그러나 아주 심한 부상을 당했어요 … . 아주 심하게"

"그리고 순플로로는요? 그의 아버지는?"

"그들은 무사합니다… . 그러나 그는, 불행한 사람, 그도… 그도, 만약… 그가 첫 총소리를 들었을 때, 무슨 일이 일어났는가 보려고 밖으로 나왔대요, 그가 문 앞에서 론푸의 집에 수류탄이 떨어지는 것을 보았을 때, 그가 서 있던 문도 파손되었대요. 그는 나뭇조각 파편 때문에 배에 부상을 입었어요… ."

"어떡해!"

그리고 나는 눈앞에 비친 선명한 피의 현장 때문에 눈을 감을 수밖에 없었다.

"새벽에 동료 몇 명과 함께 내가 도시로 들어갔을 때… 우리는 그 불행한 이를 병원으로 옮겼어요."

"의사가 뭐라 하던가요?"

콜루쉬는 모든 희망을 포기한 듯한 몸짓을 해 보였다. 갑자기 포로수용소의 어딘가에 있을 그 사람 때문에 내 마음은 공포에 휘감겨 있었다. 대체 어떻게 되었을까? 어떤 상태일까?

"콜루쉬, 포로수용소에 대해 뭐 다른 소식이 있나요? 나다이는?"

"포로수용소에도?"

"사람들이 그러던데요"

"맙소사, 하느님, 내 동료들이 … 잔인한 하느님, 당신은 그것으로 부족했습니까? 하느님!"

그리고 그는 뛰어나갔다.

◆◇

1920년 ○월 ○일

이틀이 지났다. 어떤 이틀인가? 나는 내가 미쳤다고 생각했다. 일본군 순찰대가 거리를 행진하고 있었다. 그때마다 그들은 트럼펫을 불었다. 일본군 기마병들이 매 시간마다 시가지를 질주했다. 그들은 지나가던 사람들을 멈추게 하여, 우리가 알아들을 수 없는 말로 말했다. 그리고 나는 파울로에 대해 아무런 소식도 듣지 못했다.

병영에는 지금까지 러시아 군인들이 가득 있었다. 그들은 일본군의 전쟁 포로가 되었다 … . 그런데 지금 그들은 모두 자유롭게 되었다. 모두 자유를 되찾았다! 일장기는 집집마다 사라지게 되었다. 왜 그럴까? 정치 … 미국과 영국의 정치는 일본의 정치가 계속 승리하도록 허락하지 않았다. 시베리아의 많은 도시에 수많은 죽음을 남긴 정치. 새 고아들, 새로운 과부만 남기고, 산 사람들에게 상복을 입게 한 이틀간의 승리.

오늘 저녁이 되어서야 나는 그를 다시 보았다. 나는 무엇을 느꼈는가? 나는 내 생각을 표현할 적당한 말을 찾을 수 없었다. 그 점에 관해서만 기억하고 있다. 우리는 처음으로 입을 맞추었다. 그 입맞춤에서 남자와 여자는 침묵하였고, 그 뒤 나는 울었고, 더 크게 울었다.

1920년 ○월 ○일

일기장아, 나는 왜 그 뼈아픈 사건에 대해서만 너에게 써 내려가야 하니? 소녀의 일기장은 달콤한 비밀을 말하는 추억의 자리가 되어야 하지 않을까? 그런데, 너, 일기장은 내가 눈물을 머금고 매일 찾는 묘지가 되어 있구나, 매일, 매일.

오늘도 나는 땅을 파서 사람을 묻었구나 … . 이치오팡. 따뜻한 마음을 가졌던 우리의 중국인 형제가 죽었어. 그는 이제 노래도 부를 수 없어. 우리는 이제 그의 빛나던 검은 눈동자도 볼 수 없구나. 이치오팡은 우리 곁을 떠났고, 우리는 그를 땅에 묻었구나. 아름다운 말을 하는 형제들 가운데 한 사람이 침묵하게 되었구나.

오늘 오전, 우리는 병원에서 그의 침상에 서 있었다. 그는 아주 평온해 보였고, 순종적으로 보였어. 그는 자신의 고통을 이겨냈으며, 그가 우리에게 눈길을 주었을 때 그의 입가에는 창백한 미소를 띤 듯 보였어. 그의 늙은 아버지와, 눈물이 마른 순플로로는 목석처럼 서 있을 뿐이었지. 그러나 우리에게서 삶을 절실하게 만든, 보이지 않는 눈물이 있다는 것을 나는 알게 되었어.

콜루쉬, 쿠라토프, 파울로, 트카체바, 키 작은 아베르키에프와 나는 그의 오른편에 서 있었고, 그의 손은 이반 아베르키에프의 금빛 머리 위에 떨면서 놓였다.

"형제자매들,"

그가 힘주어 말하는 것을 우리가 본다.

"나의 짧은 삶을 더욱 아름답게 만든 여러분, 희망을 잃지 마십시오. 강하게, 강하게 믿으십시오. 그래서 우리의 별이 초록 빛깔로 밝게 빛나며, 총칼 위로 지금 피눈물 흘리는 그런 사람의 마음이, 그런 평화의 마음이 결국에는 이길 것입니다. 믿고 용기를 가지십시오."

그러고 나서 그는 오랫동안 말이 없었다… . 오, 눈물 때문에 나는 내가 쓴 글자를 볼 수 없구나! 트카체바가 우리가 사 들고 온 꽃다발을 그에게 전해 주었지. 그는 꽃들을 바라보고 있었지. 좀 시간이 흐른 뒤, 그는 낮게 말했다.

"불쌍한 꽃들… 왜 당신들은 이 꽃들이 계속 살게 내버려 두지 않았습니까? 이치오팡은 한 번도 꽃을 꺾지 않았어요."

그의 병세가 더 심해지는 것 같았다. 나는 그곳에 더 이상 있을 수가 없었다. 나는 다른 사람들에게 떠나야겠다고 눈짓으로 말했으며, 하나둘씩 차례로 작별 인사를 했다. 아주 말없이, 아무 위로의 말도 없이, 우리는 우리의 얼굴에다 희망을 주는 미소를 머금을 수도 없었다.

내가 그의 가냘픈 손을 잡았을 때, 순간 그도 내 손을 잡았다.

"순플로로의 언니 … 제 누이의 언니가 되어주세요 … 그리고 … 그리고 잠깐만 … 저기, 내 호주머니 속에 … 당신은 정말 우리 모임의 총무이지요. 그리고 … 저기, 그 호주머니 속에 종이가 있습니다 … 마지막으로 모임을 위한 … 다가올 모임을 위해서 … 그걸 집어 주십시오!"

의자 뒤편에는 그의 옷가지가 걸려 있었다. 너절해진

옷의 여기저기에 피가 말라붙어 있었다. 왜 사람들은 이것들을 없애지 않았을까? 내가 그 종이를 찾았다. 그 종이에도 거무스레한 흔적이 있었다.

우리는 그 자리를 떠났다. 콜루쉬가 그의 마지막 순간을 곁에서 지켜보았다. 그는 우리의 이치오팡이 이제 영원한 휴식에 들었다는 전갈을 가져왔다.

… 그의 나이 열여섯 … 그리고 지금 내 앞에는 친구들에게 쓴 그의 마지막 말이 놓여 있다. 그의 시. 아마 그는 태양이 빛나는 날에 이 시를 지었던 것 같다. 그날 저녁 … 마지막 시. 나는 내 일기장에 그의 시를 베껴 적는다.

오월의 삶은 지금 말한다.
태양은 웃고, 꽃들은 뽐내고
대지에는 봄이 끓어 넘치고,
새들도 사람들도 노래 부른다.

오, 어리석은 중국 소년아, 너는 왜
모든 나무와 장수풍뎅이를

생명의 형제처럼 다정하게
보고, 웃고, 즐거워하는가?

또 초목과 꽃잎들에게
사랑하는 감정을 왜 가지는가,
들판, 산과 계곡을 찬미하는
바람의 입맞춤에 왜 흔들리는가?

그건 네가 살아 있고, 살아가니까!
심장 박동이 소리치며 대답한다.
또 태양이 빛나는 이 땅에 너와
함께 있는 모두가 형제자매이니까.[2]

---

2. La maja vivo nun parolas : / la suno ridas, pompas floroj, / en tero la printempo bolas / kaj kantas birdaj, homaj koroj.

Ho vi, stulteta ĉina knabo, / vi kial devas ĝoji, ridi, / en ĉiu arbo kaj skarabo / la vivofraton ame vidi? / Kaj kial igas vin la sento / karesi herbajn, florpetalojn / kaj tremi pro la kis' de l' vento, / admiri kampojn, montojn, valojn?

Ĉar vivas vi kaj vivas, vivas / — respondas krie la korbatoj — / kaj en la suna brilo vivas / kun vi sur Tero nur — gefratoj.

안 돼, 나는 오늘 더 이상 쓸 수가 없다. 슬픔 때문에 목은 울먹여, 나는 더 이상 글자도 볼 수 없다 … 총칼 위의 마음만을 … 피눈물로 가득한 그 마음을 쓸 뿐.

또 태양이 빛나는 이 대지 위에
너와 함께 있는 모두가 형제자매이니까.[3]

---

3. kaj en la suna brilo vivas / kun vi sur Tero nur — gefratoj.

10

니콜스크 우수리스크 에스페란토 협회

여름날의 오후였다. 새 에스페란토 협회의 강의실마다 활기찬 삶이 넘쳤다. 그것도, 여러 교실에서. 왜냐하면 협회 회원들이 지난겨울과 봄에 노력한 성과가 기대 이상이었다. 성공과 성공의 연속이었다. 겨우내 나다이는 두 곳의 김나지움과 시민 회관 등 세 곳의 강습을 지도했다. 그 외에도 다른 사람들의 노력이 있었다. 시민 회관의 강습은 헝가리의 장교이자 포로인 아달베르토 스지이가 맡았다. 그는 아주 잘 가르쳤다.

봄이 끝날 즈음에, 시민 회관의 작은 교실들로 협회를 잘 운영하고, 활발히 꾸려나가기에는 좁다는 것을 알았다. 유럽 도시들이 고향인 포로들이 계속해서 더 많이 이곳으로 왔으며, 그중에는 에스페란티스토들도 많이 있었다. 특별위원회가 포로들을 니콜스크 우수리스크로 집결시켰다. 목적은 포로들을 바닷길로 본국으로 송환하는데 있었다. 이 도시의 문화부 고문단은 학교 전체를 에스페란티스토들이 사용하도록 제공해 주었다. 그야말로 에스페란티스토들이 수백 명에 달했다. 여러 민족으로 구성된 포로들. 러시아, 중국, 폴란드, 조선 사람들로 이루어진 민간인과, 전쟁에 동원된 원주민들 남녀노소.

활기 있는 생활이었다. 회원들은 에스페란토만 쓴다. 왜냐하면 모든 사람이 이해하는 유일한 언어가 에스페란토이기 때문이다. 보잘것없던 도서실은 곧 송환될 포로 에스페란티스토들이 기증한 도서들로 풍부해졌다. 우의가 돈독해지자 서로의 마음마저 가까워졌다. 젊은 부부의 집에서 쓰는 언어가 에스페란토가 되는 그런 결혼도 한두 건이 아니었다. 많은 아가씨들이 약혼반지를 끼고 있었다.

며칠 전, 에른스트 마이어와 발랴 스미르노바의 결혼식이 있었다. 맨 처음의 강습회 회원들은 그 젊은 부부에게 아름다운 축하 자리를 마련했다. 몇 주일 전, 협회는 뻬르바야 르예츠까의 포로수용소에서 온 손님들을 맞이했다. 소풍. 문학의 밤. 단막극 공연. 벽보. 발행 부수가 많아진 『소식』지 등으로 보아 우리의 언어가 살아 있으며, 대화가 활발히 오가고, 강습도 지속적으로 이루어진 것을 보여주었다.

지금 한 교실에는 마랴 불스키가, 또 다른 교실에는 이 책의 독자로서는 스물두 살의 야니스 레코라고 알아채지 못할 정도로 백발의 '젊은이'가 가장 새로운 신입생들을 가르치고 있다. 그랬다. 우리의 착한 야니스 레코는 일본군이 공격을 개시한 그날 저녁부터 수십 일 동안 산 속에서 참혹한 절망과 고통 속에 지내면서 머리가 그만 하얗게 세어 버렸다. 당시 자기 호주머니 속 2권의 에스페란토 책이 고독의 나날에 유일한 그의 위안거리였다고 했다. 셋째로 큰 교실은 협회를 위해서 쓴다. 아, 그곳에는 아침부터 늦은 저녁 시간까지 어떤 삶의 모습인가. 물론 모든 회원이 매일 오는 것은 아니었다.

교실에는 지금 페트로 콜루쉬가 작별 인사를 하고 있었다. 그는 이제 더 이상 미국 군복을 입지 않고 대신 체코 군단의 군복을 입었다. 그는 이제 본모습대로 슬로바키아 사람이다. 그는 블라디보스토크항에 내일 도착하는 큰 배를 타고 고향으로 돌아가게 될 것이다.

순플로로도 탁자에 말없이 앉아 건장한 '아미코'를 슬프게 바라본다. 오빠가 죽은 뒤로 그녀는 모임에 자주 나오지만, 말을 하기보다는 잠자코 듣는 편이었다. 그녀의 시선은 그들이 함께 (이치오팡과 그녀가) 모임에 기증한 초록 별이 달린, 큰 심장 모형에 언제나 머물러 쉬고 있었다. 지금도 그녀의 환상은 불 켜진 전나무와 같이 보냈던 아름다운 저녁을 다시 생각해 낸다. 다시 그녀는 오빠의 온화한 목소리로 된 낭송을 듣고, 다시 '아미코'가 따뜻하게 손을 잡는 것을 느낀다. 아, 지금 그는 행복하게 웃으며 이야기하고, 이 사람, 저 사람에게 작별 인사를 하러 다닌다. 아니, 순플로로는 더 이상 이러한 모습을 바라볼 수가 없었다.

그녀는 두 눈을 감고 생각에 잠겼다. 아름답지 못한 그림들과 불길한 생각이 떠올라 그녀의 마음을 전율케 했다. 미래가 눈앞에 그려진다. 파손된 자기 집을 다시 짓기 위해서 돈을 받은 뚱뚱한 론푸와 바라지 않는 미래. 론푸는 더욱더 자주 그녀의 아버지를 찾아와 그녀에 대해 이야기했다. 그리고 그녀의 아버지는 … 아버지는 얼마나 늙었는가. 이치오팡의 죽음으로 아버지의 좋아졌던 심장도 더 나빠졌다. 순플로로에게 아버지가 안 계셨더라면, 그녀도 사멸이나 환생을 기다리는 저 미지의 세계로 벌써 갔을 것이다. 그러면 적어도 새로운 삶에서는, 지금 보이지 않는 육중한 쇠망치 같은 손으로 자신의 마음을 누르고 있는 것을 느끼지 않아도 될 텐데 … 그리고 저 '아미코'는 행복하게 웃으며 즐겁게 이야기한다. 그는 자신의 먼 고향으로 되돌아갈 것이다. 떠나가는 사람은 뒤에 남아 있는 사람들보다는 이별이 더 쉬운 법이다. 언제나 그렇다.

"순플로로, 우리 가요."

그의 목소리를 들었을 때, 그녀는 눈을 뜨고는 순순히 그를 뒤따랐다. 콜루쉬가 복도에서 멈췄다.

"잠시 기다리거나, 아니면 마랴 불스키가 가르치고 있는 저 교실에 가 있어요. 나는 레코에게 작별 인사를 하고 마랴 불스키에게로 갈게요."

"순플로로 기다린다. 아미코가 말 끝날 때, 순플로로는 떠난다."

콜루쉬가 레코와 함께 있는 동안 마랴 불스키는 강의를 끝내고, 순플로로를 보러 다가왔다.

"순플로로, 오랜만이에요. 어디 아팠어요?"

"순플로로 집에서 일한다 … . 아버지가 편찮으시다."

"그런데 당신도 건강해 보이지 않는데요. 지금 얼굴이 건강할 때의 얼굴은 아니군요."

"아미코 떠난다. 순플로로 아프다 … 그리고 그곳, 그곳이 … ."

그녀는 심장을 가리킨다.

"좋지 않다. 아주 좋지 않은 기분이다."

"콜루쉬가 떠난다고요, 정말입니까? 어디로?!"

"큰 배가 큰 물 위에 온다. 아미코 떠난다 … 멀리 … 멀리 … ."

마랴의 얼굴이 창백해졌다. 내일의 환상이 벌써 떠올랐다. 콜루쉬가 떠나고, 그다음 다른 사람들도, 그마저. 그녀는 순플로로를 쳐다봤다. 그녀의 얼굴은 움직임이 없으며 병상에 누워있던 이치오팡의 얼굴처럼 굳어 있었다. 갑자기 마랴는 모든 것을 이해했다. 아픔이 그녀의 마음을 갈기갈기 찢어 놓았다. 순플로로의 찢긴 마음에서 마랴는 자신과 자신의 운명을 봤다. 동정, 사랑과 연민이 마랴의 영혼 속에서 적당한 말을 찾지만, 그녀는 위로할 힘이 없어 단지 몇 마디 말만 했다.

"슬퍼하지 마세요 … . 인생이란 그런 것이에요."

순플로로의 눈에서 갑자기 눈물이 흐르며, 그녀의 목소리가 애원하듯 들렸다.

"순플로로, 백인의 착한 언니의 포옹을 원한다 … 한 번."

두 소녀는 서로서로 껴안았다. 그들 둘은 똑같은 감정으로 울었다. 그렇게 울고 있는 사이 콜루쉬가 되돌아와, 그들을 발견했다. 대화, 아름다운 말들, 기원과 작별.

마랴는 멀어져 가는 두 친구를 바라보았다. 아, 그들은 얼마나 다른가! 수줍음을 잘 타는 중국 소녀와 크고 힘센 구라파 사람. 정말, 그들은 서로가 어울리지 않는다. 그러나… 두 사람은 첫 만남 이후 똑같은 감정으로 연결되어 있었다.

하느님, 하느님, 왜 당신께서는 서로 다른 모습의 사람들을 창조했으며, 왜 당신께서는 그들의 마음에다, 그네들이 사랑의 영혼으로 만난다면 인종과, 종교와, 민족 사이의 차이를 모르는 똑같은 감정을 느끼도록 해 놓았나요! 왜요? 오, 왜요, 정의로우신 하느님?

마랴의 하느님을 믿는 영혼에는 회의적인 질문들로 가득했다. 그녀는 내일에 대해, 자신의 내일에 대해 생각하지 않으려고 그 질문들을 지워 버리거나, 어디로 팽개쳐 버릴 수 있었으면 하고 생각했다. 저 큰 방에서 실컷 울어나 볼까? 아니 안 돼! 그러면 그녀가 우는 것을 사람들이 볼 것이고, 사람들이 뭐라고 생각할까? 집으로!

네 명의 동생들이 기다리는 집으로! 그들이 그녀의 미래이다.

운명이란 변덕스러운 것이다. 운명은 때로는 신음하고 있는 고통을 달래기도 하고, 갑작스러운 위로로 아픔을 가시게 한다. 온종일 마랴는 집에 없었다. 그녀는 두꺼운 사무용 책들에 파묻힌 새 사무실에서 일했다. 그곳에서 그녀는 점심을 먹었다. 그리고 오후의 강습회장으로 달려갔다. 그사이에 오랫동안 기다리고 기다리던 아버지가 돌아왔다. 아버지는 매년 언제나 한 번씩 그랬듯이 갑자기 돌아왔다.

마랴가 집에 돌아와 문을 열었을 때, 그녀는 자기 앞에 평화롭게 앉아 있는 두 남자를 본다. 파울로와, 사랑하는 아버지. 그녀는 날듯이 아버지의 팔에 안겨, 아버지의 목을 껴안으며, 아버지 얼굴에, 희끗희끗한 머리에 마구 입 맞춘다.

"아버지 … 아빠 … 아빠, 내 사랑 … 하느님, 당신은 얼마나 선하신가요!"

"아버지가 오신 것을 알려 주고, 내가 대신 강습회를 지도하려 했지만 아버지께서 허락을 안 하셨어요."

나다이가 용서를 구하듯이 그녀에게 설명했다.

"괜찮아요! 아빠와 선생님, 우리 모두 함께 있는데, 지금 다른 것은 아무것도 중요하지 않아요…. 아, 얼마나 행복한가!… 그런데 아버지와 무슨 언어로 이야기를 나누었나요?"

"러시아 말로 몇 마디만. 우리는 많은 이야기를 나누지 못했어요. 조용히 서로 바라보고 있었지요. 어머니께서 나에 대해, 또 동생들에 대해 말씀하셨어요…. 그 아이들도 내가 당신의 집에서 낯선 사람이 아니라는 것을 저희들 나름대로 보여 주고 있었어요. 가장 키가 작은 발랴, 저 귀여운 겁쟁이는 나에게 아버지와 볼로 인사하는 것도 못 하게 했어요. 아버지의 큰 수염이 저 아이를 겁먹게 했어요. 그러나 나중에는…."

"아, 알겠어요. 두 해 전에도 그랬어요…. 그러고 보니, 아버지는 두 해 동안 집에 안 계셨어요."

아버지와 딸이 서로 묻고, 대답하기 시작했다. 나다이는 분별 있게 그들이 즐겁게 지낼 수 있도록 자리를 피해 다른 방으로 갔다. 거기서 그는 활기를 되찾은 모습이 어제보다 몇 해는 젊어 보이는 마랴 어머니를 가능한 한 도

우려고 했다.

갑자기 방문이 열렸다. 마랴가 뛸 듯이 방으로 들어왔다. 그녀의 얼굴은 완전히 창백해 있었지만, 그녀는 나다이와 마주치자, 한숨을 내쉬었다.

"무슨 일이 있어요?"

그가 묻는다.

"아무 일도 아니어요. 하느님 덕택에, 아무 일도."

그리고 그녀의 두 뺨에 다시 생기가 비쳤다.

"선생님이 작별 인사도 하지 않고 떠났다고 좀 걱정했어요."

"어린아이같이! 나는 작별 인사하지 않고 떠난 적이 없고, 결코 그렇게 하지 않을 거요."

마랴의 시선이 한동안 슬프게 나다이의 시선에 머물러 있었다.

"누가 알아요?"

그녀는 낮게, 마치 숨 쉬듯 말했다.

"작별 인사를 하지 않는 편이 더 좋고 더 쉬울지도 모르죠."

11

시베리아여, 안녕!

해는 여전히 따뜻하게 빛나고 있지만, 가을바람은 벌써 다가오는 겨울의 입김을 지니고 있었다. 바람이 먼지 구름을 일으키며 휘몰아쳤다. 잠잠해졌다가 거리에 먼지 구름이 다시 일곤 했다.

큰 포로수용소마다 사람들의 숫자는 점점 줄어들고, 에스페란토 단체들의 회원들도 줄어 갔다. 생활도 활기를 점점 잃어 간다. 10월에는 거의 매주 배들이 도착하고, 작별 모임은 더욱 잦았다. 그러나 먼저 귀향한 콜루쉬를 제외한 오랜 친구들은 아직 함께 있다. 순플로로만 보이지 않았다.

그날 뒤로 아무도 그녀를 보지 못했으며, 소문으로는 그녀의 아버지도 딸을 보지 못했다고 한다. 그녀는 어디로 사라졌을까? 누구 아는 사람은 없는가?

늙은 중국 사람은 자기 가게 문 앞의 거리에 목석처럼 무관심하게 앉아 마치 아무 일도 없었던 것처럼 담배를 물고 있었다. 귀가 먼 사람은 철학가다. 그는 주의 깊게 듣지만, 이젠 아침의 연주도 못 들을 정도다. 병영의 중국 군인들은 그에게는 아무 소용이 없는 트럼펫을 불고 있다. 그는 저녁의 연주도 듣는다. 극장에서 울려 퍼지는 중국 배우들의 노래와 음악은 더 이상 그의 귀에는 들리지 않는다. 그는 앉아서 담배만 물고 있었다. 포로수용소 안의 여러 병영에는 이제 사람들이 별로 없었다. 나다이는 더 이상 가르치지 않았다. 그는 정기적으로 모임에 참가하고, 곧 떠날 친구들과 많은 시간을 보냈다. 마랴와 레코는 열성적으로 가르쳤다.

마랴는 고통의 나날을 보냈다. 그녀의 일기장은 불평과 반항의 사념으로 가득 차 있었다. 그녀의 유일한 희망은, 올해에는 더 이상 포로들을 데리고 갈 배가 오지 말고, 병영의 나머지 포로들은 다가오는 봄에 떠났으면 하는 것이었다. 사람들이 그렇게 이야기하기도 했다. 아직 그녀에게는 겨울, 봄 같은 겨울이다. 다음에 정말 겨울 같은 봄이 올 것이다. 그녀는 그것을 느낀다. 아, 그녀가 세월을 멈추게 할 수 있었으면!

그러나 세월은 멈출 수 없는 것이고, 운명은 냉정한 것인가 보다. 어느 날 아침 전보가 전쟁포로 수용소의 사령관에게 배달되었다. 그리고 다시 고향을 그리는 600명의 사람들에게 수천 번이나 조국으로 되돌아가기를 갈망하는 꿈을 실현시켜 주었다…. 그리고 나다이도 그 속에 들어 있었다.

마침내, 마지막 배, 올해의 마지막 배가 도착했다. 상관없다! 이 배는 크지 않아 모두가 다 이 배로 갈 수 없었다. 그래도 개의치 않았다! 사람들은 미칠 듯 기뻐 뛰어다니며 작별 인사를 했다. 내일 블라디보스토크에서 배를 타려고 한다. 역으로 출발! 고향으로! 고향으로! 오, 전능하신 하느님, 4년, 5년, 6년이 지난 뒤, 전쟁과 혁명의 공포가 지난 뒤에야 결국 고향으로! 출발! 빨리빨리! 열차는 이미 떠날 준비가 되어 있었다. 고향으로! 평화의 세계로 출발! 시베리아여 안녕!

나다이는 미칠 듯이 즐거워하는 사람들과는 다르다. 한편, 그는 운명이 떠나는 사람들의 마음을 둘로 갈라놓고 있는 사람들의 편에 있다. 마음의 한쪽은 고통과 공포가 가득한 이 피어린 땅에 절망적으로 매달리는 것이요, 다른 한쪽은 저 먼 고향으로 돌아갈 것을 요구하는 것이다. 그가 한마디만 하면 여기에 남을 수도 있을 텐데. 아직도 수백 명이 그를 대신해서 기꺼이 가려고 할 텐데. 올해의 마지막 배였다! 마지막 배!

그는 고향으로 돌아가고픈 마음이 더 간절했다. 그는

다른 사람들과 함께 가기로 결심했다. 바다는 친구와 헤어지게 할 뿐만 아니라 다시 만나게 해 주는 길이기도 하다. 고향으로, 고향으로… 그의 마음속 감정이 소리쳤다. 먼저 고향에서 모든 것을 재정리하고, 그다음… 그래 그 다음에 그는 무엇을 해야 할지 이미 알고 있다.

나다이는 시내로 급히 뛰어갔다. 곧장 마랴가 일하고 있는 직장 사무실로 향하여. 그를 보자 그녀는 창백해졌다. 마치 그런 일상적이지 않은 이른 시각에 나타난 그를 보고 잔인한 운명을 예감하기라도 하듯이.

"마랴, 두 시간 뒤 우리 열차가 블라디보스토크로 출발해요, 그리고 들리는 말로는, 내일 배를 탈 것이라고 해요."

그는 간단히 그러나 그렇게 무정하게 말했다.

아, 기뻐하는 사람도 때로는 무정하다. 마랴는 떠나는 콜루쉬의 눈에서 본 적이 있는, 똑같은 즐거운 눈빛을 그의 눈에서 보고 있었다.

"그리고 지금은 무얼 할 거죠? … 어디로 갈 거죠?"

그녀가 절망적으로 물었다. 그녀의 목소리는 아주 낮고, 그녀의 입술은 울듯이 떨고 있었다.

“어디라 가냐고요? 강습 장소로, 그리고 나중에 당신 집으로. 나는 더 이상 포로수용소로 가지 않을 거요. 동료들이 내 짐을 정리해 줄 겁니다. 내가 그들에게 부탁해 뒀어요.”

마랴가 일하는 곳의 사장은 너그러이 몇 시간 동안의 외출을 허락했다. 그들은 말없이 지금 에스페란토 협회의 강습회장이 있는 학교로 향하는 잘 알려진 길을 따라 서둘러 갔다. 나다이는 거리, 집, 나무로 만들어진 인도, ‘시립 공원’, 이 모든 것과 마음속으로 작별 인사를 하고 있었다. 그는 작별했다. 그의 손은 강하게, 쥐가 날 정도로 그녀의 손을 잡았다.

그들은 이치오팡이 살던 집을 지나갔다. 나다이는 그의 아버지께 인사했다. 늙은 중국 사람은 인사를 해도 대답 없이 계속 앉아 담배만 물고 있었다. 그의 시선은 아득히 먼 저 어딘가를 바라보고 있었다.

협회에 나다이가 떠난다는 소문이 그가 나타나기 전에 이미 알려져 있었기에, 친구들은 모임의 선생님이자 창립자인 그에게 진심으로 작별 인사를 나누기 위해 몇 명이 블라디보스토크로 동행하기로 결정했다. 첫 강습회 회원들은 더욱 말이 없었다. 무겁게 가라앉은 분위기가 다른 회원들에게도 영향을 미쳤다… . 그리고 다시 대화, 몇 마디 말, 진심 어린 작별 인사들.

나이 많은 쿠라토프는 나다이의 손을 격한 감정으로 꽉 쥐었다.

"형제여, 우릴 잊지 말고, 건강하게!"

그는 더 이상 할 말이 없었다. 평소 잘하던 말도 감정에 압도되어 목에서 멈추었다. 한 사람 한 사람씩 오랜 친구들이 다가가, 그에게 작별의 키스를 했다. 나다이의 눈에도 이제 웃음이 보이지 않았다. 기쁨은 슬픈 생각들로 묻혀 버렸다.

모두 몰래 마랴를 보고 있었다. 그녀는 움직이지 않고 서 있고 그녀의 창백한 얼굴은 언젠가 순플로로의 얼굴처럼 굳어 있었다. 눈물이 그녀의 눈에는 보이지 않았다. 그녀는 이 모든 장면을 보면서 이치오팡이 맨 처음 지은 시가 생각났다. 모두 그 시를 외우고 있었다.

세상에 새로운 감동을,

사랑의 아름다운 마음을 전하는 너는

세상의 증오와 복수를

평화와 형제애로 바꾸어 주네.[1]

그리고 이치오팡은 옳았다. 자기 스스로 다른 사람을 형제로 대해 주려 하지 않는 사람은 결코 자신을 형제로 느끼지 못한다는 것을.

◆◇

검은색의 큰 배가 항구의 해변에 서 있었다. 부둣가에는 한때 포로였던 1,200명이 차례로 승선을 기다렸다.

보가티레바, 트카체바, 쿠라토프와 레코는 떠나는 사람들 옆에 서 있었다. 친구 샤로쉬와 나다이는 작별 인사를 하러 공증인보와 같이 온 보나고와 이야기했다.

마랴는 오지 않았다. 사무실 업무 때문에 그녀는 움직일 수가 없었다. 그러나 그녀는 적어도 몇 마디 인사를 보낼 수도 있었을 텐데. 친구들은 정말 다음 열차로 왔다. 나다이는 그녀와 어제 있었던 일만 생각한다. 그들의 헤어짐은 정말 이상했다. 그녀의 집에서 그는 그녀의 어머

---

1. En homan mondon venas Amo / per Nova Sento, kormuziko; / vi faras Pacon el malamo / kaj fraton el la malamiko.

니에게 시베리아에서 집 없는 사람에게 가족같이 따뜻하게 대해 준 것에 대해 감사를 표시했다. 편찮은 어머니는 슬프게 그의 머리를 만지며 폴란드어로 몇 마디 했다. 그는 아이들의 볼에 입을 맞추었다. 오렐라, 타데우즈, 에르나는 말없이 슬픈 눈길로 껴안는 것으로 작별 인사를 대신했다. 가장 작은 발랴가 결국 울먹이면서 작은 팔로 껴안자, 그는 거의 질식할 정도였다.

"한 달 전에는 아빠가, 이번엔 선생님이, 누가 저희와 함께 남아 있겠어요?"

발랴는 어린아이만이 할 수 있는 불평을 토로했다.

그러고 나서 나다이는 역으로 바삐, 달리듯이 갔다. 나다이만 계속 이야기했다. 마랴는 말이 없었다. 역에서 나다이가 기차를 타려고 할 때 겨우 그녀는 한마디 말을 했다.

"조심하세요, 선생님! 배에 타서 기분이 좋지 않으면 곧 누우세요! 뱃멀미에 대한 가장 좋은 처방이에요."

"나는 바다를 무서워하지 않아요. 바다는 아주 아름답고, 아주 신비로워요. 나는 바다를 사랑해요."

"그래요 … 선생님은 바다를 사랑해요. 그리고 나

는… 하느님이 당신과 함께 계실 거예요!"

갑자기 그녀는 힘껏 악수를 하고는 손을 빼고서 멀리 달려갔다. 그리고 쳐다보지 않고 달렸다. 그녀는 멈출 수 없을 정도로 달렸다.

그런 일이 어제 있었다.

그리고 지금… 지금 곧 그들 모두는 떠날 것이다. 벌써 첫째 줄이 움직였다. 몇몇 동료들이 배의 갑판 위의 난간에 기댄 채, 부둣가에 서 있는 사람들에게 큰 소리로 말하고 있었다.

나다이가 서 있던 줄도 움직였다. 바로 그 순간 트카체바 양은 편지를 그의 손에 쥐어 줬다.

"마랴가… 마지막 순간에 제게 이걸 전해 주라고 마랴가 요청했어요. 행복하고 건강하세요. 우리의 사랑하는 선생님!"

나다이의 심장은 강하게 뛰기 시작했다. 갑작스러운 위로 때문인가, 아니면 잔인한 아픔 때문인가? 그 자신도 모른다.

◆◇

배는 가고 있다… 가고 있다…. 배가 경계 없는 물 위에 긴 선을 그린다. 그러나 파도가 와, 자취를 씻어버린다. 배가 결코 바다의 표면을 자를 수 없다는 듯, 바다는, 먼 바다는 그렇게 고요하다.

나다이는 배의 선미 쪽 갑판에 앉아 긴 한 줄기 물결을 바라본다. 그의 손은 무릎 위에 무기력하게 놓여 있으며, 여러 번 읽은 마랴의 편지를 잡고 있다. 며칠이 지났다. 그는 편지의 모든 문장을 이미 외우고 있는데도, 언제나 다시 잡고는 다시 읽는다.

안녕히 가십시오, 선생님. 사랑하는 선생님. 선생님은 내 영혼의 더욱 아름다운 반을 차지하고 있어요! 안녕히! 그리고 내가 선생님과 헤어질 때 포옹이 없었다고 화내지 마십시오. 나는 선생님의 두 팔에 안겨 죽을 수 있었으면 하고 느끼지만, 나는 편찮으신 어머니와, 거의 고아와도 같은 동생들을 생각하지 않을 수 없군요. 용서해 주세요! 가르침과, 위로해 주는 아름다운 감정에 대한 깊고도 눈물 어린 감사를 받아 주세요. 그리고 선생님의 제자는 심장의 마지막 숨을 멈출 때까지 이치오팡이 만든, 별이 새겨진 심장 모형을 지키고 있을 거예요.

하느님의 은총이 선생님 앞날에 함께 하기를!

안녕히 가십시오, 선생님!

다음 세상에서 다시 만나길.

마랴 올림.

나다이는 이제 바다가 무심하고 무정한 괴물이라는 것을 느낀다…. 파도가 다가와 물결의 흔적조차 지워버린다. 그리고 저 바다는 마치 수면이 아무렇지도 않은 듯이, 갈라진 적이 한 번도 없었다는 듯이 고요하다…안녕, 시베리아여!

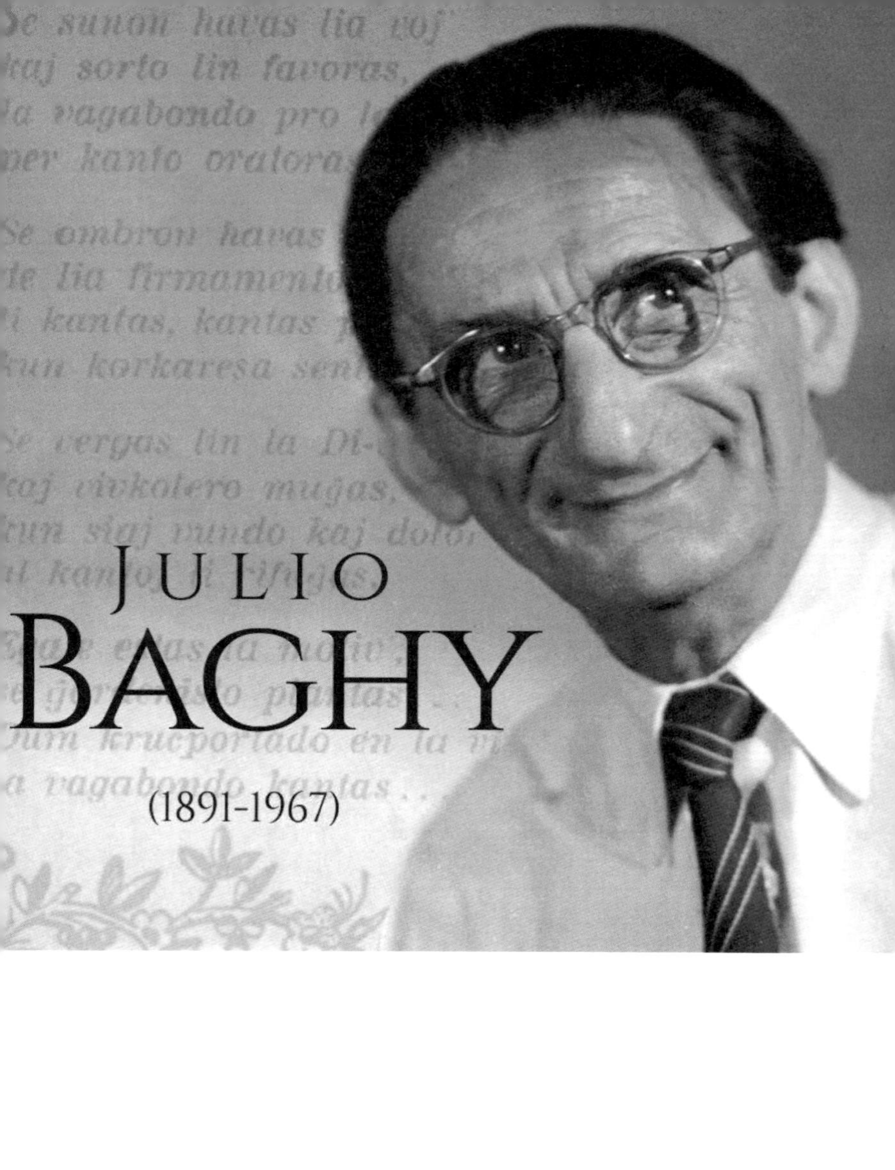
JULIO
BAGHY
(1891-1967)

:: 저자 소개[1]

율리오 바기Julio Baghy(1891~1967)는 헝가리 사람으로 연극배우이자 작가이자 에스페란토 교육자이다. 그는 1891년 1월 13일 세게드Szeged에서 태어났다. 아버지는 연극배우였고 어머니는 극장의 프롬프터였다. 학업을 마친 뒤, 그도 여러 극장의 배우이자 연출가가 되었다. 전쟁으로 6년간 조국을 떠나 러시아에서 포로수용소 생활을 해야 했다. 어려서부터 그는 여러 잡지에 많은 시와 소설을 발표했다. 1911년 에스페란토를 알게 되었으며, 에스페란토의 '내적內的 사상思想'에 매료되었다. 그의 폭넓은 에스페란토 활동은 시베리아의 포로수용소에서부터 벌써 시작되었는데, 이곳에서 그는 여러 나라 사람들에게 에스페란토 강습회를 많이 개최했다. 전쟁이 끝난 뒤 헝가리로

---

1. [옮긴이] *Enciklopedio De Esperanto*, Hungara Esperanto-Asocio, Budapest, 1979, pp. 35~37. *Esperanto En Perspektivo*, Centro de Esploro kaj Dokumentado pri La Monda Lingvo-Problemo, Roterdam, 1974 등의 관련 페이지에서 정리함.

되돌아와서, 에스페란토 운동의 지도자 가운데 한 사람이 되었다.

다양한 수준의 에스페란토 강습, 에스페란토 친선 모임Esperanto-Rondo Amika의 지도, 문학의 밤 등을 개최하였고 다수의 세계 에스페란토 대회에서 그는 '대회 연극'을 맡아 배우 겸 연출가가 되었다. 에스페란토의 국제 조직을 강화하기 위해 상세한 제안(예를 들면 공공公共의 편지[1931])을 하기도 했다. 바기는 에스페란토계의 정신적 수준을 드높이기 위해 많은 노력을 했다. 이를 위해 에스페란토의 창안자 자멘호프의 탄신일을 '에스페란토 책의 날'로 제안했는데, 이 또한 그의 목적을 달성하기 위한 시도이다. 말년에는 체-방법CSEH-Metodo(에스페란토로 에스페란토를 가르치는 방법)의 교사로서 에스토니아, 라트비아, 네덜란드, 프랑스 등지에서 많은 강습회를 지도했다.

바기는 많은 에스페란토 잡지들과 협력했으며 『문학세계』*Literatura Mondo*의 편집장으로 1933년까지 일했다. 그의 생애에서 말하고자 했던 사상은 그의 문학 작품을 통해서 잘 나타난다. 그의 사상이란 "사랑이 평화를 창조하고, 평화는 사람다움을 지니게 하며, 그 사람다움이야말로 가장 높은 이상이다."라는 말로 요약된다.

에스페란토는 모든 분야에서 적당한 표현력을 가지고 있으며, 국제어가 어느 민족어와도 쉽게 비교될 수 있다는 것이 입증된다. 더욱이 국제어는 적합한 감동을 주는 성격을 가지고 있으며, 이런 감동적인 성격을 작품에 잘 나타낸 사람을 들자면 자멘호프, 프리바, 율리오 바기이다. 바기는 국제어 언어대중의 공동 기초인 그 근본적 인간성을 감동적으로, 서정적으로 통역한 사람이다. 이 때문에 에스페란토 사용자가 아니면 이해하기가 쉽지 않은, 가장 "에스페란티스토다운" 시인들 가운데 한 사람이다. 그의 시들은 곡조가 자발적이고 풍부한 형태를 가지고 있다. 그의 리듬은 순간적 고무에 의해 좌우되며, 필요에 따라 더해진다.

그의 초기 시들은 러시아의 포로수용소 생활에서 나왔다. 이것들은 놀라움과 기쁨을 불러일으켰다. 자멘호프의 시가 형식을 넘어 성장하는 성실하고 고상하고, 열렬한 감정이 시 속에 들어 있어 시적 언어의 불완전성을 잊게 만든 반면, 바기는 1차 세계대전의 냉혹함을 겪은 뒤 개인적이며, 새롭고, 멜로디가 풍부한 시를 썼다.

『삶의 곁에서』*Preter la Vivo*(1922)는 그의 첫 시집으로 에스페란토 시의 새 장을 열었으며, 그림들도 새로운 의미와 새로운 아름다움이 보태져 독자들은 인류인주의人類人主義 사상에 매혹되었다. 왜냐하면, 저작 활동은 그의 필요에 의해서 이루어지고 그는 언제나 감정 표현에서 본래적인 형태를 만들어 놓고 있기 때문이다.

『순례』*Pilgrimo*(1926)는 그의 두 번째 시집으로서 그의 재능이 성숙했음을 보여준다. 이 시집에 실린 시들은 낭만적인 향기에 비장감이 더 강하게 나타난다.

『유랑하는 깃털』*Migranta Plumo*(1929)에 쓰인 시들은 새로운 형식을 추구한다.

『방랑자는 노래한다』*La Vagabondo Kantas*(1933)는 그의 마지막 시집으로 고전적 에스페란토로 되돌아오며, 청교도적 색채의 특별한 시구를 만드는 재능을 입증함과 아울러, 헝가리 시의 영향을 받고 있다.

『무지개』*Ĉielarko*(1966)는 열두 민족의 동화를 시로 재창작했다.

『가을의 낙엽들』*Aŭtunaj Folioj*(1970)은 그의 사후에 발표되었다.

소설가로서 그의 활동을 살펴보면 다음과 같다. 바기의 소설과 이야기는 결코 복잡한 구성을 하고 있지 않다. 때로는 이 구성이 스케치와 비슷하다. 그의 음색은 가장 온화한 고요함에서 나온다. 인간의 나약함에 대한 연민의 정을 가지고, 가장 해학적 만화로까지 나아가는 작품들에서 작가는 얼굴을 찌푸리면서 부정의와 위선을 나타내며, 윤리적으로 증명되는 불같은 폭발의 순간에 도달한다.

『꼭두각시들은 춤춰라』*Dancu Marionetoj*(1927), 『유랑하는 깃털』(1929), 『가을 속의 봄』*Printempo en la Aŭtuno*(1931)에서 그는 평화를 위해 싸우는 사람이면서도 날카로운 풍자문학가임을 보여주고 있다. 『가을 속의 봄』에서는 너무 센티멘털한 비장감이 드러나는데, 이 작품에서 그는 젊은 남녀 주인공들의 싹트는 사랑을 특별히 아끼며, 주인공들의 심리를 예리하고 세밀하게 파스텔화로 그리고 있다. 문체, 구성, 내적 정열, 유머로 독자들은 낭만적 인물의 허구성에도 불구하고 이 소설을 애호하지 않을 수 없다. 왜냐하면 이 시인은 그가 믿고 있는 바를 우리에게 믿게 하는 방법을 알고 있기 때문이다.

『만세!』*Hura!*(1930)는 인간 사회의 지식과 구성원을 신랄하게 풍자한 작품이다.

『초록의 돈키호테들』*Verdaj Donkihotoj*(1933)에서는 더욱더 풍자로 이끌고 간다.

『극장의 바구니』*La Teatra Korbo*(1934)는 어린 시절부터 가지고 있었던 추억과, 인간과 작가에 대한 고백을 담고 있다.

『희생자들』*Viktimoj*(1925)와 『피어린 땅에서』*Sur Sanga Tero*(1933)는 그의 소설 가운데 가장 애호되는 작품으로 그의 시베리아 수용소 생활을 소재로 하고 있다. 이 두 작품은 1970년 한 권의 책으로 출판된다. 소설 『희망의 섬』*Insulo De Espero*을 계속 썼으나 전쟁 중에 잃어버렸다.

연극작가로서 바기를 보면, 그는 주로 1악장짜리 연극을 만든다. 그의 작품들은 잡지에 발표되거나 또는 원고 형태로 남아 있다.

『사과나무 아래의 꿈』*Sonĝe Sub Pomarbo*(1956)은 두 젊은 남녀의 사랑을 서정적이고 감동적으로 이야기하는 구성으로 되어 있고, 우리 세계에 사랑이 필요하다는 것을 상징적으로 논증한다.

『네덜란드 인형』*La Holanda Pupo*(1966)은 제3차 국제 예술제(부다페스트)에서 공연되었다.

그 밖에 바기와 불가분의 관계를 갖는 것이 『문학 세계』라는 정기 간행물이다. 이는 양차 세계대전 사이에 세계 에스페란토계에 가장 영향을 많이 주고, 사랑을 많이 받은 문학 정기 간행물이다. 이 『문학세계』를 이끌어간 이들을 부다페스트 학파로 부른다. 대표적인 인물은 칼로차이와 바기, 블라이에르Bleier였다. 칼로차이는 높은 지성, 박학과 다방면의 천재성으로, 바기는 생기발랄함과 열성으로, 블라이에르는 조직적 재능으로 활약한 덕분에, 부다페스트가 에스페란토 문화의 중심으로 여러 해 동안 명성을 누렸다. 이 잡지의 첫 시리즈는 1922년부터 1926년에, 제2시리즈는 1931년부터 1938년에 발간되었다. 이 잡지는 언어, 문체, 비평에 있어 탁월하여 문학 문제의 공공 토론장이 되었으며, 번역자들과 원작 작가들을 고무시키는 역할을 했다.

또한 율리오 바기의 작품은 외국어로 다수 번역되었다. 『만세!』가 프랑스어, 독일어로, 『가을 속의 봄』이 프랑스어, 헝가리어, 중국어, 한국어로, 『희생자들』이 중국어로, 『인간만이』Nur Homo가 중국어로 번역되었다. 특기할 만한 것은 『가을 속의 봄』을 번역한 바진巴金이 이에 대한 회답 형태로 『봄 속의 가을』을 펴냈다. 뒤의 두 책은 지난 2008년 갈무리 출판사에서 한 권으로 묶어 한국어로도 번역 출간되었다.

또 칼로차이와 바기를 하나로 묶은 전기가 『은의 듀엣』Arĝenta Duopo(1937), 『금의 듀엣』Ora Duopo으로 발표되기도 하였다.

1933년에는 『헝가리 문선』Hungara Antologio이 위의 두 사람에 의해 편집되기도 하였다. 바기는 1930년대에 에스페란토로 헝가리 문학과 전통, 예술을 알리는 여행을 하였다.

1956년 헝가리 문교부령에 따라 바기가 제안해 헝가리 에스페란토평의회Hungara Esperanto-Konsilantaro가 창립되었으며, 1960년에 헝가리 에스페란토 협회로 그 명칭이 바뀐다.

헝가리 에스페란토 협회는 정부의 지원을 받으면서 해를 거듭할수록 발전하였으며, 제51차 세계 에스페란토 대회가 부다페스트에서 열려 그 발전의 원동력을 가져다

주었다.

바기는 1939년 에스페란토 학술원Akademio de Esperanto의 16명 중 1명에 추천되었다.

에스페란토 강습에서 가장 많이 쓰이는 교재가 바로 이 책 『초록의 마음』*La Verda Koro*이다.